ABENTEUER

Colin Thiele

Der Hai mit der Narbe

Colin Thiele

Colin Thiele, 1920 in Südaustralien geboren, ist einer der bedeutendsten Jugendschriftsteller dieses Kontinents. Er schrieb zunächst für den Rundfunk, ehe er sich ganz dem Bücherschreiben widmete. Viele seiner Bücher wurden mit Preisen ausgezeichnet und verfilmt, so auch – mit Hardy Krüger in der Rolle des Mr Pascoc – die Erzählung „Die letzte Fahrt der Blue Fin“.

Von Colin Thiele ist in den Ravensburger Taschenbüchern außerdem erschienen:

RTB 52193
Die Höhle

Der Hai mit der Narbe

Aus dem Englischen
von Hans Ulrich Hirschfelder

RAVENSBURGER BUCHVERLAG

Lizenzausgabe
als Ravensburger Taschenbuch
Band 52200
erschienen 2002

Erstmals in den Ravensburger
Taschenbüchern erschienen 1992
als RTB 51814

Die Originalausgabe erschien 1985
unter dem Titel „Seashores and Shadows“
bei Walter McVitty Books, Glebe

Mit freundlicher Genehmigung von
Lothian Books,
Thomas C. Lothian Pty Ltd.
11 Munro Street, Port Melbourne,
Victoria 3207, Australien

Umschlagillustration: Colin Sullivan

RTB-Reihenkonzeption:
Heinrich Paravicini, Jens Schmidt

Printed in Germany

**Die Schreibweise entspricht den
Regeln der neuen Rechtschreibung.**

5 4 3 2 1   06 05 04 03 02

ISBN 3-473-52200-7

www.ravensburger.de

ABENTEUER

Danksagungen

Ich bin Herrn Alf Dean, dem Weltrekordinhaber, zu großem Dank verpflichtet für viele Details über die Hochseefischerei und den weißen Hai, die ich in meinem Buch verwendet habe. Ebenso danke ich den Herren Dr. Clive Matthews und Dr. Leon Pitchon dafür, dass sie das Manuskript durchgesehen und die Richtigkeit der medizinischen Informationen überprüft haben.

Colin Thiele
1985

1

Vor seinem Umzug nach Cockle Bay hatte Joe noch nie von Narbengesicht oder von Wayward Island gehört. Aber die Ereignisse, die danach folgten, sollten ihm diese Namen für immer ins Gedächtnis brennen.

Er stand etwas steifbeinig auf dem Vordeck der Seahorse, dem Kutter seines Onkels. Sie waren lange vor Tagesanbruch in Cockle Bay losgefahren und der Onkel hatte das Boot fachmännisch ins tiefere Fahrwasser manövriert. Jetzt befanden sie sich schon weit draußen auf hoher See, als Wayward Island vor ihnen am Horizont auftauchte. Joe sah die Insel zum ersten Mal und er war von ihrem Anblick fasziniert. Sie sah aus wie ein großer, sechs Kilometer langer Wal, dessen Kopf im Westen riesig aus dem Wasser ragte und dessen Schwanz sich im Osten in zwei lange Fluken teilte – und die aufgehende Sonne tauchte alles in rotgoldenes Licht. Es waren, abhängig vom Wind und den Gezeiten, nicht mehr als zwei oder drei Stunden Fahrt zur Insel, die sich nun wie in Gedanken versunken aus dem Meer erhob.

Joe war erst vor ein paar Tagen aus Melbourne nach Cockle Bay, an die weite südaustralische Küste gekommen, um hier bei Onkel Harry und dessen Familie zu leben. Alles war noch neu und fremd für ihn. Er hatte seinen Mund und die Augen weit aufgerissen und konnte sich nicht satt sehen. Sein Onkel beobachtete ihn und rief ihm aus dem Ruderhaus zu: „Na, Joe, was sagst du dazu?"

Das Sonnenlicht tanzte in seinen Augen, als Joe sich zu seinem Onkel umdrehte. „Wahnsinn, absoluter Wahnsinn! Wie eine Schatzinsel!"

„Nur mit dem Unterschied, dass es hier weit und breit keinen Schatz gibt", lachte sein Onkel. „Die hier macht ihrem Namen alle Ehre. Wayward bedeutet nämlich ‚unberechenbar' und ‚eigensinnig'. Der Wind hat die Insel ganz schön gerupft und das hier ist ein raues Fleckchen Erde."

„Stört mich nicht", gab Joe lachend zurück und schüttelte heftig den Kopf, „ich liebe Inseln."

„Ich auch", stimmte seine Cousine Meg zu, die in diesem Augenblick an Deck kam. „Sie haben immer so was Aufregendes und Unerforschtes."

„Die nicht", antwortete ihr Vater, „auf der kenn ich jeden Stein mit Namen, jeden Zentimeter hab ich abgegrast auf der Suche nach den Schafen."

„Danke, Dad", schmollte Meg, „du kannst einem wirklich jede Illusion rauben."

Ihr Vater lachte wieder. Er war ein zäher Bursche, kräftig und drahtig und er besaß einen gesunden Menschenverstand. „Das Leben ist nun mal nüchtern, besonders hier draußen."

Die Seahorse tuckerte beständig vor sich hin und schaukelte gleichmäßig in den Wellen hin und her. Von Minute zu Minute waren die Umrisse der Insel deutlicher zu erkennen. Die Sonne vertrieb langsam den morgendlichen Dunst. Die Küste, zuvor nicht viel mehr als ein grauer Klecks, bekam nach und nach Konturen. Buchten und Landzungen, Hügel, Höhlen und Felsen, ja sogar das Riedgras ließ sich nun schon ausmachen. Vorgelagerte flache Riffe und tiefere Stellen wechselten sich ab und kleine Wellen schlugen träge an die Felsen.

„Toll“, flüsterte Joe.

„Das kannst du wohl laut sagen“, pflichtete Meg ihm bei. „Ich zeig dir dann gleich alles. Das wird super. Ich freue mich schon wie verrückt!“

Ihr Vater steuerte die Seahorse durch die Riffe, umschiffte zwei winzige, flache Inseln, jede nicht größer als ein Squashplatz, und stoppte den Kutter in dem geschützten Wasser dahinter.

„Willkommen auf der Schatzinsel!“, sagte er lächelnd.

Dann legten sie an einem kleinen hölzernen Steg an. Barry Sampson, Onkel Harrys Gehilfe, sprang hinüber und zurrte die Tauenden an zwei großen Pollern fest. Er war erst achtzehn, aber stark wie ein Bär, hatte breite Schultern und Arme dick wie Baumstämme. Alle nannten ihn deshalb nur „Herkules“ oder kurz „Herk“.

„Fertig!“, rief er, als die Taue straff waren, und die anderen folgten ihm an Land.

Onkel Harry hatte die Insel gepachtet und ließ etwa fünfhundert Schafe darauf weiden. Vor langer Zeit hatte hier einmal eine Familie mit vielen Kindern gewohnt, aber irgendwann konnten sie die Einsamkeit nicht mehr ertragen; die Insel war zu weit entfernt von Arzt, Post und Geschäften, und, was den Lebensunterhalt betraf, wohl auch zu unsicher. So hatten sie alles verkauft und der neue Besitzer hatte die Insel als „Zufluchtsort“ erstanden, sie seitdem aber nur ein einziges Mal aufgesucht.

So kam Onkel Harry zum Zug. Als Gegenleistung dafür, dass er auf der Insel nach dem Rechten sah, konnte er sie sehr günstig pachten und durfte sie nutzen, wie er wollte. Er bezeichnete sie immer als ein Geschenk des Himmels, denn mit der Tankstelle und der Werkstatt, die er in Cockle Bay betrieb, verdiente er nicht einmal so viel, um davon eine Kirchenmaus ernähren zu können, die auf Diät gesetzt ist.

Seitdem schipperte er alle paar Wochen mit der Seahorse zur Insel, um nach den Schafen zu sehen. Manchmal blieben Herk und er ein paar Tage dort, um kranke Tiere auszusondern und zu versorgen. Einmal im Jahr – im September – verbrachten sie immer eine ganze Woche auf der Insel, um die Schafe zu scheren. Die Männer hausten dann in einer alten Hütte mit drei Räumen, die sich nahe der Anlegestelle in einer geschützten Landsenke befand. Zur Hütte gehörten noch ein verfallener Schuppen und zwei eingezäunte Weiden für die kranken Tiere. Um ständig dort zu wohnen war alles in einem viel zu schlechten Zustand, aber für Freunde oder Besucher vom Festland, die nur ein paar Tage ausspannen wollten, war alles außergewöhnlich und aufregend. Eine alte Dame hatte ihren Aufenthalt auf der Insel einmal einen „kleinen Abstecher in den Himmel“ genannt. Onkel Harry hatte darauf nur trocken erwidert, dass es ein Abstecher ganz woandershin hätte werden können, wenn sie nur ein paar Stunden später losgefahren und mit dem Boot in den heftigen Sturm geraten wären, der gerade über die Insel fegte.

Manchmal heuerten auch Lehrer Onkel Harry und seinen Kutter für Wandertage auf Wayward Island an. Ab und zu schlug ein Sportfischer dort seine Zelte auf und zahlte gutes Geld, um mit der Seahorse auf Haijagd zu gehen.

Joe war in gespannter Erwartung, als sie zur Hütte wanderten. Er lauschte den Gesprächen der anderen, schaute sich mit großen Augen um und saugte begierig alles in sich auf. Er war wie elektrisiert, knisterte förmlich vor Spannung und all seine Sinne waren hellwach. Eine steife Brise ging über die Insel, weiße Wolken jagten sich am blauen Septemberhimmel, das ganze Meer schimmerte grünlich und manchmal sogar türkis.

„Wow!“, staunte Joe immer wieder. „Ist das irre hier!“

„Ich nehme mal an, dass du die Insel gleich ganz abklappern willst“, lächelte Onkel Harry wissend. „Die Steilküste hoch, rüber zur anderen Seite?“

„Warum nicht?“

„Na, dann mal los. Meg kann dich führen. Herk und ich haben hier alle Hände voll zu tun.“ Er schaute auf die Uhr. „Wir brauchen hier sicher noch drei Stunden. Jetzt ist es neun, seid also zum Mittag zurück – aber nicht später als eins!“

Joe sah Meg fragend an. „Einverstanden?“

„Aber immer“, nickte sie.

„Ihr könnt gleich mal nach den Schafen sehen, wenn ihr schon unterwegs seid“, schlug ihr Vater vor. „Schaut, ob eins abgestürzt ist. Und kontrolliert das Trinkwasser!“

„Ja, Dad.“

Er sah den beiden nach, als sie loszogen. „Und Vorsicht

am Black Bluff!“, rief er ihnen hinterher. „Nicht zu nah an die Klippen und keine Felskletterei, hört ihr?“

„Ja, verstanden“, rief Meg zurück. „Komm“, sagte sie zu Joe gewandt, „lass uns ein bisschen rennen, damit uns warm wird!“

Sie waren beide vierzehn und rein zufällig waren sie am selben Tag geboren. Joe in Melbourne, Meg in Adelaide, aber sehr ähnlich waren sie sich nicht. Das Mädchen war sehr groß für sein Alter und dünn wie eine Bohnenstange. Meg hatte klare, freche Augen und honigfarbenes Haar, war geradeheraus und schaute ihren Gesprächspartnern immer direkt in die Augen. Einige ihrer Freunde mäkelten, dass sie ein wenig zu forsch und burschikos sei, denn sie besaß sehr viel Tatkraft und Selbstbewusstsein. Sie konnte auf See navigieren, den Motor der Seahorse anlassen, das Ruder übernehmen, aber genauso auch in der Werkstatt ihres Vaters die Stellung halten, wenn Not am Mann war. Die Jugendlichen hier an der Küste hatten oft solche Arbeiten zu erledigen, besonders in abgelegenen Orten und vor allem, wenn ihre Eltern krank waren. Dann mussten sie alles in die Hand nehmen und sich um den Haushalt und die jüngeren Geschwister kümmern.

Joe war kleiner und gedrungener als Meg, hatte mausbraune Haare und sein Gesicht war mit Sommersprossen übersät. Er war liebenswürdig und gutmütig, aber seine Vergangenheit hatte ihn vorsichtig und zögerlich werden lassen. Er war nicht annähernd so selbstsicher wie Meg und war deshalb im Moment auch ganz froh darüber, sie als Führerin dabeizuhaben.

Sie rannten los und Joe war verblüfft, wie schnell sich alles um ihn herum veränderte. Was von weitem flach aussah, entpuppte sich in Wirklichkeit als hügelig und zerklüftet. Senken und Böschungen, Mulden und Hänge wechselten sich unaufhörlich ab. An einigen Stellen, wo die Insel nicht höher lag als der Meeresspiegel, war sie sumpfig und mit Salzwassertümpeln durchsetzt, an denen üppig Meerfenchel wuchs. Daneben erstreckten sich große Flächen mit Ried- und Büschelgras, das vom Wind so gekrümmt wurde, dass es aussah wie die Rücken eingegrabener Stachelschweine. Und dann tauchte wie aus dem Nichts eine weite Grasprärie mit fruchtbarem Boden und saftigem Futter für die Schafe auf.

Meg schien die Insel fast besser zu kennen als ihr Vater. Sie wetzte mit Riesenschritten los und sprach dabei auch noch so schnell, dass Joe sich recht schwerfällig und etwas einfältig neben ihr vorkam, aber dennoch freute er sich über ihre Gesellschaft. Sie hatte Stiefel, Jeans und eine Windjacke an und auf dem Kopf trug sie eine Pudelmütze, deren Bommel bei ihrem Tempo heftig hin und her pendelte. Joe musste unwillkürlich grinsen, denn Meg sah in diesem Aufzug ein bisschen wie eine Kreuzung aus Pirat und Teewärmer aus.

„Wir müssen auf das Trinkwasser achten“, sagte sie, „es muss immer genug für die Schafe da sein.“

„Wo gibt’s denn auf so einer Insel frisches Wasser?“

„Unten am Black Bluff – zur Inselmitte hin. Da rinnt das Regenwasser die Hänge runter.“

„Fließt das denn nicht direkt ins Meer?“

„Normalerweise schon, aber zum Glück gibt's da Sand. Wir sind echt froh, dass die Senke unterm Black Bluff voller Sand ist. Sie wurde wohl vom Wind so dahin geweht und ist mit Gras und Büschen bewachsen. Da sammelt sich das Wasser wie in einem Schwamm, verstehst du?"

Sie musterte Joe, um zu sehen, ob er ihr glaubte. „Und das wissen die Schafe", sagte sie nach einer kurzen Pause, „weißt du, die sind gar nicht so dämlich, wie die Menschen immer meinen."

„Aber wie …"

„In trockenen Jahren graben sie richtig danach. Sie kratzen und scharren so lange im Sand, bis sie irgendwann auf Wasser stoßen."

„Wer's glaubt, wird selig", spottete Joe.

„Es stimmt aber, du Blödmann", rief sie wutentbrannt, „frag doch Dad!"

Eine Weile schwieg sie standhaft, hielt es schließlich aber doch nicht mehr aus. „Wir haben lange Gräben gezogen", fuhr sie fort, „und das Wasser in ein paar alte Tröge geleitet. Und die haben wir in den Boden eingelassen. So können die Schafe saufen, wann sie wollen. Komm, ich zeig es dir."

Als sie die Gräben, in die das Wasser rieselte, erreicht hatten, liefen sie ein Stück neben ihnen her. „Probier doch mal", forderte Meg Joe auf. Der kniete nieder, stützte sich mit den Händen ab und schlürfte das Wasser wie ein Tier. „Schmeckt gut", sagte er. Meg hockte sich neben ihn, schöpfte ein bisschen mit der hohlen Hand und nippte daran. „Hm, nicht schlecht."

Sie standen auf und kletterten die Steilküste hinauf, die

nun direkt vor ihnen lag. „Sei vorsichtig!“, warnte Meg, als sie sich der Kante näherten, „hier ist es immer ganz schön stürmisch.“

Oben angekommen, staunte Joe nicht schlecht über den Ausblick. „Guck mal, da! Man kann das andere Ende ganz deutlich sehen. Wie auf einer Karte. Sieht wirklich aus wie ein Fischschwanz.“

„Manchmal kann man sogar das Festland sehen, wenn die Luft klar ist.“ Meg deutete auf den Rand der Klippen, wo es weit unter ihnen von kreischenden Seeschwalben und Schwärmen anderer Meeresvögel nur so wimmelte. „Sogar die Felsen da unten sind heute ganz deutlich zu erkennen.“

Joe blickte kurz hinunter und machte gleich wieder einen Schritt zurück. „Ach, danke, muss nicht sein.“

„Pass bloß auf“, sagte Meg, „der Wind hier oben ist ganz gemein. Der packt dich glatt und wirft dich runter.“

Joe fröstelte bei dem Gedanken. „Ich glaube, ich geh wieder runter.“

„Na gut. Wer als Erster unten ist …“

Und Meg fegte los. Joe wählte sorgsam seinen Weg und versuchte, Felsen und Hänge mit schlüpfrigem Kieselgestein zu meiden, aber Meg hüpfte, die Mütze in der Hand und mit flatternden Haaren über die unmöglichsten Wege wie eine Gämse hinunter und sauste über die Ebene zur anderen Seite der Insel. Sie wartete etwas weiter südlich auf ihn. Als er sie endlich eingeholt hatte, ließ er sich nach Luft japsend und schwitzend ins Gras plumpsen.

„Alle Achtung, du kannst vielleicht rennen, Meg. Ich bin fix und fertig.“

„Du bist nicht gerade in Form."

„Jedenfalls nicht so wie du. Das steht fest."

„Du solltest öfter herkommen. Das würde dich auf Trab bringen."

Sie stiefelten nun vier, fünf Kilometer die Küste entlang und legten hier und da eine Pause ein, wenn etwas ihre Aufmerksamkeit erregte – Muscheln oder Treibholz oder auch Teile von Tintenfischen. Sie fühlten sich wie die Entdecker eines unbekannten Landes, das nie zuvor einen menschlichen Fußabdruck gesehen hatte. Zweimal sahen sie große Tümmlerschwärme, die in Küstennähe herumtollten. Das Sonnenlicht glitzerte auf den nassen Körpern der Delfine, wenn sie unermüdlich im hohen Bogen aus dem Wasser sprangen, als drehten sie sich auf einem unsichtbaren Unterwasserkarussell, und das Wasser stürzte in Kaskaden von ihnen herab und glitzerte wie ein Vorhang aus lauter kleinen Lichttropfen.

Joe sah schweigend zu. „Mensch, ist das schön."

„Wie alles hier."

„Ja, die Welt ist echt ein Wunder."

Meg blieb stehen und sah ihn ernst an. „Meinst du das wirklich so?"

Joe nickte nur und konnte seine Augen kaum von diesem wunderbaren Naturschauspiel abwenden. „Na, dann ist es ja gut", sagte sie nur. „Ich bin froh, dass du keine Angst hast zu sagen, was du fühlst."

„Wieso?", fragte er überrascht.

„Weil viele sich nicht trauen. Manche scheinen überhaupt keine Gefühle zu haben. Die kommen hier raus, stehen da und sehen das, was du gesehen hast, aber sie könnten genauso gut in einer Zelle sitzen oder in der Küche oder vorm Fernseher. Die sind innen drin ganz tot, weißt du, was ich meine?"

Er lächelte sie an. „Predigst du öfter so?"

Sie lief vor Zorn rot an. „Ich predige überhaupt nicht. Ich sag bloß, was ich denke."

Er wollte sie gerade bitten, sich doch zu beruhigen, als sie plötzlich lächelte und sagte: „Guck mal, schau doch nur!" Sie wies mit dem Zeigefinger in den Himmel.

Er spähte angestrengt in die Richtung. „Was denn?"

„Na, da!"

Dann sah er es auch – ein großer Vogel kam direkt auf sie zu. Mühelos glitt er mit weit ausgebreiteten Flügeln durch die Luft. Seine glänzenden Augen waren unverwandt nach vorn und auf den Boden gerichtet, als würden sie einen Lichtstrahl aussenden, der ihm den Weg wies.

„Was für ein Vogel ist das?", fragte Joe.

„Ein Albatros."

„Das ist ein Albatros?"

„Ja, toll, nicht?"

Der Albatros verschwand so geräuschlos, wie er gekommen war. Meg und Joe marschierten weiter nach Osten in Richtung des Wasserkeils zwischen den beiden „Schwanzenden" der Insel.

„Hier musst du mit einem Boot höllisch aufpassen", erklärte Meg. „Da gibt's überall Felsenriffe und eh du dich's versiehst, hast du dir unten ein Loch geholt."

Joe grinste breit und runzelte die Stirn.

„Du bist vielleicht doof! Du weißt ganz genau, was ich meine!“, keifte sie und stürzte davon.

Sie machten am äußersten Punkt des Keils Halt und sahen dem Treiben der Seevögel zu. Meg schaute auf die Uhr. „Höchste Eisenbahn zurückzugehen. Für meinen Dad ist jetzt Essenszeit.“

„Nicht nur für deinen Dad“, erwiderte Joe.

Sie verdrehte die Augen. „Ihr beide könnt echt an nichts anderes denken als ans Essen.“

„Na hör mal! Wir haben schon um vier gefrühstückt!“

Meg und Joe waren pünktlich zurück. Onkel Harry sah nur kurz von der altersschwachen Wollpresse auf, die er gerade zu reparieren versuchte. „Na und, Joe“, fragte er vergnügt, „was hältst du jetzt von Wayward?“

„Super! Der schönste Platz in ganz Australien!“

Onkel Harry lachte schallend. „Herk behauptet genau das Gegenteil. Ihr könnt nicht beide Recht haben.“

Herk schmunzelte. Er war ein fröhlicher Bursche, allerdings hatte er sehr ungepflegte Zähne, die zudem in verschiedene Richtungen zeigten. Die unglückliche Zahnstellung führte dazu, dass Herk mit der Zunge anstieß. „Du follteft mal im Juli hier eine Woche verbringen, während einef fo netten kleinen Fturmf“, lispelte er, „da würde dich der Wind ganf fön durchpuften und dir die Nafe nach innen drehen!“

„Genau! Der letzte Bursche, der hier lebte, suchte bald wieder das Weite“, fügte Onkel Harry schmunzelnd hinzu, „ein Sturm blies ihm alle Haare weg.“

Er ließ den Hammer fallen und drehte sich zu Meg und

Joe um. „So, ihr zwei Hübschen, wie wäre es mit ein bisschen Arbeit? Ihr könntet schon mal Feuer machen und das Wasser für den Tee aufstellen. Und das Fresspaket vom Boot holen.“ Er machte sich in Richtung Landesteg auf. „Und ich sag mal zu Hause Bescheid.“

Joe und Meg suchten Brennholz zusammen. „Was machen Harry und Herk eigentlich gerade?“, fragte Joe.

„Sie bereiten alles für die Schur vor, die in ein, zwei Wochen vorgenommen wird. Dann kampieren sie hier auch. Wir haben deswegen immer Decken und solchen Kram in der Hütte.“

„Das macht bestimmt Spaß.“

„Das sehen sie aber anders. Es ist harte Arbeit. Und vorher müssen sie noch mal herkommen, um klar Schiff zu machen und zu gucken, ob alles noch steht. Einmal war nämlich das ganze Dach abgerissen – einfach weggeweht. Und es war eine Heidenarbeit, alles wieder zu reparieren.“

„Oh Mann!“

„Und dann muss auch noch alles repariert werden. Die alte Presse da gibt regelmäßig den Geist auf und keiner weiß warum.“

„Und wie bringen sie die Wolle nach Cockle Bay?“, schoss es Joe plötzlich durch den Kopf. „Mit dem Kutter?“

„Nee, mit einem Leichter, das ist nämlich ein Lastkahn. Den nimmt Dad ins Schlepptau.“

„Dann muss er aber langsamer fahren.“

„Logisch. Aber noch mehr aufpassen muss man, wenn Schafe an Bord sind.“

„Was? Lebende Schafe?“

„Was denkst du denn, wie die auf die Insel rauf- und wieder runterkommen? Schafe können nämlich nicht fliegen."

Joe schnitt schnell eine Grimasse. Manchmal kränkte es ihn schon, wie sie mit ihm sprach. „Das muss ja ganz schön anstrengend sein."

„Das kannst du laut sagen. Dad wartet dann meistens einen kräftigen Wind ab, der ihn praktisch von allein nach Hause weht, den Leichter und alles."

Meg häufte das Feuerholz in einem Steinkreis auf. „Wir machen hier in der Sonne ein Lagerfeuer", entschied sie, „das ist besser, als drinnen zu hocken bei all den Viechern und den ganzen Spinnweben."

Joe stimmte ihr von Herzen zu und half das Feuer zu entfachen.

„Da ist ein schwarzer Topf in der Küche", sagte sie, „und Wasser gibt's in der Tonne um die Ecke." Sie hielt einen Moment inne. „Stör dich nicht an einer toten Fledermaus oder einem Vogel oder sonst was in der Tonne. Wir kochen das Wasser ja ab."

Joe sah sie von der Seite an, aber er konnte nicht herausfinden, ob sie es ernst gemeint hatte oder nicht.

Sobald der Topf an seinem Platz war und das Feuer beständig brannte, flitzten sie zum Kutter, um das Lunchpaket zu holen. An Bord hörten sie Onkel Harry über Funk mit dem Festland sprechen. „Seahorse an VH6BA, Seahorse an VH6BA, könnt ihr mich hören?" Darauf quäkte Andy Jones' entfernte Stimme von der Küstenwachstation aus dem Lautsprecher: „Klar und deutlich, Harry. Was Aufregendes?"

„Nö, alles klar hier, Andy. Wir machen uns so gegen vier wieder auf die Socken."

„Na, dann gute Fahrt, Harry."

„Also, bis später. Over and out."

Meg und Joe trugen die Kiste mit ihrem Mittagessen gemeinsam den Steg entlang. „Ganz schön schwer", stellte Meg fest, „da hat Ma aber mal wieder reichlich Fressalien eingepackt." Sie stolperten über den Strand und den Hang hinauf zur Hütte. Das Wasser in dem schwarzen Topf begann gerade zu kochen, als sie zurückkehrten. Meg schüttete den Tee hinein und rührte alles kräftig mit einem Zweig um. Kleine Stückchen Rinde und winzige Rostteilchen schwammen auf der Oberfläche. Onkel Harry, der soeben auch zurückgekommen war, linste durch den Dampf in das Gebräu. „Gut geworden", freute er sich, „und richtig schön stark." Nun kam auch Herk dazu und setzte sich ans Feuer.

„Irgendwelche toten Vögel oder Spinnen?", fragte Joe leichthin.

Meg nahm ihn ins Visier. „Du kriegst deine Spinnen schon noch, nur keine Sorge", giftete sie. „Tausendfüßler schmoren im Tee und die Suppe ist aus Fledermausblut."

Das Mittagessen wurde zu einer Art Picknick. Megs Mutter hatte tatsächlich ein gewaltiges Paket gepackt und alle waren hungrig wie die Wölfe. Sogar der Tee schmeckte gut. Onkel Harry rülpste herzhaft. „Aaah", sagte er, „wenn wir doch jeden Tag so leben könnten. Wie könnte sich dann noch jemand über die Welt beklagen?"

„Ich schätze, es wäre ein perfektes Leben", bemerkte Joe. „Also, ich hätte nichts dagegen, immer hier zu bleiben."

Herk prustete los und Onkel Harry zwinkerte ihm verschmitzt zu. „Ach, weißt du, hier soll es eine ganze Menge Geister geben“, erklärte er, „Robben- und Walfänger, die sich gegenseitig abgemurkst haben, irgendein verrückter Matrose, der beim Black Bluff über die Klippen ging, die kleine Tochter des ersten Siedlers, die an Lungenentzündung starb – sie alle treiben hier noch ihr Unwesen …“

„Ach ja? Und wo sind die Gräber und die Grabsteine?“, fragte Meg.

Onkel Harry zuckte mit den Schultern. „Alle weggespült, nehme ich an, verloren für immer.“

Joe war zwar jetzt von einem lebenslangen Aufenthalt auf der Insel nicht mehr so überzeugt wie noch kurz zuvor, aber die Begeisterung über diesen Ausflug war immer noch sehr groß. „Ob Geister oder nicht“, sagte er, „heute war der schönste Tag in meinem Leben und ich werde die Insel immer in schönster Erinnerung behalten.“

„Immer?“, fragte Meg stirnrunzelnd.

„Solange ich lebe.“

Onkel Harry stand auf und streckte sich ausgiebig. „Du solltest lieber kleinere Brötchen backen“, warnte er, „denn manchmal passieren Dinge, die dich deine Meinung schnell ändern lassen.“

Keiner von ihnen konnte in diesem Moment ahnen, wie Recht er behalten sollte.

2

Joe spielte mit Mop. Da kein Verkehr herrschte, tobten sie mitten auf der Hauptstraße herum, denn in einer kleinen Stadt wie Cockle Bay bekommt man selten mehr als drei, vier Autos in der Stunde zu Gesicht.

Joe warf den Ball, so weit er konnte, und Mop jagte ihm begeistert nach. Dabei rutschte er immer wieder auf dem Schotter weg und wirbelte kleine Staubwolken auf, bis er das Spielzeug endlich eingeholt und geschnappt hatte. Dann trottete er gemächlich, den Ball in der Schnauze und mit einem triumphierenden Gesichtsausdruck, wieder zu Joe zurück.

Mop, eine Promenadenmischung, gehörte niemandem und jedem. Irgendwann in seinem Streunerleben war er hier in der Stadt gelandet. Er hatte immer wieder sein Talent unter Beweis gestellt, sich auf den Schafweiden nicht von aufgebrachten Farmern erwischen zu lassen. Auch war er den bis obenhin mit Tunfisch beladenen LKWs bisher immer erfolgreich ausgewichen und deshalb bekannt geworden. Mit seiner ungestümen Art hatte er das Städtchen in Besitz genommen, und schließlich hatten auch die Menschen hier den Hund ins Herz geschlossen. Seitdem hieß er nur noch der „Stadthund“. Die meisten Leute amüsierten sich, wenn er schwanzwedelnd vor dem Fleischerladen saß und auf ein

Almosen wartete, oder wenn er seinem halb durchgebissenen Tennisball hinterherwetzte oder im Sommer einfach nur träge im Schatten der Pfefferbäume lag und alle viere von sich gestreckt hatte. Aber dennoch wollte ihn niemand zu sich nehmen und ihn ständig im Haus haben.

Joe und Mop hatten eine Menge gemeinsam. In gewisser Weise waren sie beide heimatlos. Joes Mutter hatte die Familie schon vor vielen Jahren verlassen und seit vor kurzem sein Vater gestorben war, lebte Joe nun bei Onkel Harry, Tante Ellen und seinen beiden Cousinen, Meg und der kleinen Maureen.

Cockle Bay bedeutete für Joe, nach dem Leben in Melbourne, eine große Veränderung. Es war ein winziges Nest im Süden, das früher einen zwar kleinen, aber sehr geschäftigen Hafen gehabt hatte. Ein großer Kran auf dem Pier, der einmal Weizen und Wolle in die Küstenschiffe verladen hatte, zeugte heute noch von diesen Zeiten, die aber längst Geschichte waren. Jetzt gab es in der Stadt nur noch ein paar Fischer und Farmer und eine Hand voll Feriengäste, die ein ruhiges Plätzchen suchten, möglichst weit weg vom Trubel der Großstadt.

Wie ein geölter Blitz sauste Mop wieder hinter dem gelben Filzball her. Dieser flog in hohem Bogen bis auf den Bürgersteig vor dem Commercial Hotel und hüpfte dort, immer langsamer werdend, noch eine Weile vor sich hin. Aber Mop wurde nicht langsamer. Seine Muskeln waren bis zum Äußersten gespannt und der Kopf berührte fast den Boden. Mops Augen waren auf nichts anderes gerichtet als auf den Ball und kurz vor der Hausecke holte er ihn ein.

Mop streckte den Kopf nach vorn, die Schnauze weit geöffnet, um zuzuschnappen.

Rums!

Der alte Porker Bacon, das „Mädchen für alles“ im Hotel, bog gerade in diesem Moment mit seinem Fahrrad um die Ecke. Er schwankte noch mehr als sonst, denn er versuchte krampfhaft, einen großen Korb voller Flaschen auf dem Lenker zu balancieren. Mop, der volle Breitseite gegen das Vorderrad prallte, setzte das Fahrrad damit außer Gefecht und stieß es samt Porker Bacon um wie einen Dominostein. Das Rad schlidderte über den Bürgersteig und das grässliche Geräusch zersplitternden Glases war zu hören. Gleichzeitig schlug Porker dumpf mit dem Rücken auf den Boden und blieb einen Augenblick benommen liegen. Mop jaulte nur kurz auf, schüttelte sich und machte sich sofort wieder auf die Jagd nach dem Ball. Mit einem Sprung war er bei ihm, stupste ihn erneut an und versuchte ihn wieder zu schnappen.

„Oh Gott!“, rief Joe und eilte auf die beiden zu. Es war nicht das erste Mal, dass Mop jemanden über den Haufen gerannt hatte. Schnaufend erreichte er Porker, gerade als sich dieser aufsetzte. „Sind Sie verletzt, Mr Bacon?“

Porker tastete mit einer Hand seinen Kopf ab. Über seinem linken Ohr wurde eine Beule sichtbar.

„Dieser verdammte Mistköter!“, schimpfte er. „Früher oder später bringt er noch mal jemanden um.“ Unheilvoll starrte er Mop an. „Wenn er nicht vorher von jemandem umgebracht wird!“

„Tut mir Leid“, sagte Joe, „hätte ich geahnt, dass Sie …“

„Jaja“, brummte Porker und betastete weiter seinen Kopf. „Ich hab es dir schon tausendmal gesagt: Spielt draußen auf den Weiden, aber nicht hier!“

Mop ließ sein Spielzeug zwischen Porker und Joe fallen. Der Ball war nur noch ein schleimiges Etwas, eine unförmige, glitschige Masse. Angewidert verzog Porker das Gesicht. „Bäh!“ Mop wedelte erwartungsvoll mit dem Schwanz.

„Er will mit Ihnen spielen“, sagte Joe.

„Das kann er haben“, antwortete Porker. „Ich werde ihm schon eine Melodie auf seinen Rippen vorspielen – mit meinen Stiefeln!“ Er stand mühsam auf und humpelte zu seinem Fahrrad. „Und jetzt geht zum Teufel, alle beide!“

Joe pfiff Mop und sie stahlen sich mit gesenkten Köpfen davon.

„Mach dir nichts draus“, tröstete Joe den Hund, „es war ein Unfall. Hätte jedem passieren können.“

Mop hob wie zur Zustimmung seinen Kopf und beobachtete Joe aufmerksam.

„Lass uns zur Tankstelle gehen, was meinst du? Vielleicht hat Onkel Harry ja einen kleinen Leckerbissen für dich im Kühlschrank.“

Mop bellte und sein Schwanz wedelte begeistert. Der Hund hatte zwar nicht verstanden, was Joe gesagt hatte, aber es hatte gut geklungen. Joe war der Einzige in Cockle Bay, der sich regelmäßig um ihn kümmerte.

Als sie die Tankstelle erreicht hatten, hörte Joe, wie Onkel Harry im Büro mit jemandem stritt. Ein Mr Harding aus Port Lincoln, der dem Onkel Geld geborgt hatte, wollte nun einen Teil zurückhaben. Onkel Harry erklärte ihm, dass er im Moment nicht flüssig sei und Harding sich noch etwas gedulden müsse. Sie wurden lauter und lauter.

„Sie sind ein mieser, kleiner Betrüger!“, brüllte Harding.

„Und Sie ein Geizhals, ein elender Halsabschneider!“

Joe und Mop schlichen sich davon. Joe hasste Zank und Streit. Er hatte genug davon, denn schon als kleiner Junge hatte er sehr oft miterleben müssen, wie seine Eltern sich angeschrien und beleidigt hatten. Die Menschen schienen sich immer nur zu bekämpfen.

„Na, dann gehen wir eben nach Hause und trinken was“, schlug Joe vor. „Ich bin ausgetrocknet wie ein altes Boot.“

Obwohl es erst zehn Uhr morgens war, brannte die Sonne schon unerbittlich und die Sonnenstrahlen tanzten wie kleine Flammen auf dem Straßenpflaster. Es war Anfang Januar und keine Wolke zeigte sich am Himmel. Tante Ellen war gerade dabei, mit einem Eimer und einer Schöpfkelle die Pflanzen auf der Veranda zu gießen. Joe stürzte hastig zwei Gläser eiskaltes Wasser aus dem Kühlschrank hinunter und wischte sich danach mit dem Handrücken über den Mund.

„Gibt’s nichts für Mop?“, erkundigte er sich. „Nicht eine winzige Kleinigkeit?“

Tante Ellen kam an die Küchentür. „Da liegen ein paar Knochen im Abwaschbecken. Die kannst du ihm geben, wenn du willst.“

Mop freute sich so darüber, dass durch sein heftiges Schwanzwedeln ein richtiger Luftzug um ihn herum entstand. Dann legte er sich hin, die Knochen zwischen den Vorderpfoten, und nagte sie eifrig ab.

„Ich glaube, ich gehe schwimmen, Tantchen“, sagte Joe.

„Gute Idee, Joe. Die Mädchen sind schon vorhin losgezogen.“

Joe mochte seine Tante. Sie war eine liebenswürdige, freundliche Person mit einem fröhlichen Gesichtsausdruck. Kleine weiße Fältchen um die Augen zeigten, dass sie sich oft im Freien aufhielt.

Er angelte nach seiner Badehose, warf sich ein Handtuch über die Schulter und trabte los. Mop hörte sofort auf zu fressen, vergrub in Windeseile die restlichen Knochen im Vorgarten und schloss sich ihm an. Tante Ellen sah ihnen nach.

„Jetzt läuft er dir schon überall hinterher“, rief sie. „Sieh zu, dass das ein Ende hat. Wir wollen ihn nicht dauernd bei uns haben.“

Joe antwortete nicht. Er war schon so weit vom Haus weg, dass er hätte schreien müssen. Und er war traurig. Der arme Mop sollte also wieder einmal verstoßen werden. Es ist bei den Menschen ja auch nicht anders, dachte er. Wenn du keine feste Bleibe hast, wirst du überall weggescheucht. „Schieb ab“, sagen sie dann, „zieh endlich Leine, geh woandershin.“

Es war jetzt etwas mehr als drei Monate her, dass Joe zum ersten Mal auf Wayward Island gewesen war. Seitdem hatte er nur noch ein einziges Mal seine Füße auf die Insel gesetzt, und das auch nur für einen kurzen Besuch. Er hatte danach die ganze Zeit darauf gewartet, dass die Familie über Weihnachten eine volle Woche dort verbringen würde. Aber dieses Vorhaben war ins Wasser gefallen, weil Onkel Harrys Tankstelle zu den Feiertagen plötzlich von Feriengästen überlaufen war. So schleppten sich die Tage dahin und Joe schien es, als ob die Zeit überhaupt nicht verginge. Außerdem war es unerträglich heiß. „Man könnte glatt Eier auf deinem Gesicht braten“, witzelte Herk vor ein paar Tagen. Joe wünschte sich immer sehnlicher, dass sie alle endlich zur Insel fahren würden, um sich den frischen Seewind um die Nase wehen zu lassen.

Mop bellte den ganzen Weg zum Strand über aufgeregt. Er ahnte, wo es hinging. Er fand es herrlich, in den Wellen herumzuplantschen und den bunten Ball zu fangen, mit dem die Mädchen meistens spielten.

„Los, alter Junge“, rief Joe, „wir rennen um die Wette!“

Sie nahmen die Sandhügel im Sturmlauf, flitzten über Steine, rutschten Böschungen hinab und der lose Sand wirbelte unter ihren Füßen auf. Meg und Maureen standen knöcheltief im Wasser und warfen sich tatsächlich den Ball zu. Sie sahen nur flüchtig hin, als Joe und Mop den Hang zum Strand hinunterrannten. Mop gewann das Rennen um Haaresbreite und bellte glücklich und zufrieden.

„Warum hast du den denn mitgebracht?“, fragte Maureen. „Der wälzt sich immer im Sand, wenn er nass ist, und dann schüttelt er den ganzen Sand über uns.“

„Er fühlt sich wohl hier“, antwortete Joe.

„Aber er ist tapsig wie ein Nilpferd. Dad sagt: Der hat doch vier linke Pfoten. Und außerdem steht er einem dauernd im Weg herum.“

Joe lachte. „Heute früh hat es den alten Porker erwischt. Er hat ihn sauber vom Fahrrad geholt."

„Siehst du! Das meine ich."

Meg dribbelte nun den Ball auf dem harten Sand vor sich her. Mop lief neben ihr auf und ab, gespannt wie ein Flitzbogen. Meg neckte ihn. „Was ist los, Mop? Hast du Ameisen unter den Pfoten?"

„Ich geh mich mal abkühlen", sagte Joe und schleuderte sein Handtuch in den Sand. „Auf geht's", forderte er Mop auf, „lass uns eine Runde schwimmen."

„Ich komme mit", sagte Meg.

„Wartet auf mich! So wartet doch auf mich!", krähte Maureen.

Alle vier stürzten sich in die Wellen. Mop sprang über sie hinweg und bellte immer wie verrückt, wenn er tieferes Wasser erreichte und keinen Boden mehr unter den Pfoten spürte.

„Was hältst du von einem kleinen Wettschwimmen zum Deck?", rief Meg Joe zu.

„Deck" nannten sie einen flachen Ponton, der dreißig, vierzig Meter weit ins Meer reichte. Es war ein Erlebnis, dort ins Wasser zu springen, zu tauchen oder auch nur faul wie Eidechsen in der Sonne zu schmoren.

„He, wartet!", gurgelte Maureen. Meg war eine gute Schwimmerin. Sie erreichte das Deck vor Joe und stützte sich einen Moment auf, um wieder zu Atem zu kommen. Dann warteten sie auf Maureen und Mop, denen sie helfen mussten, auf das Deck zu kommen, weil sie sich nicht allein hochziehen konnten. Schließlich waren sie alle „an Bord".

„Schön hier“, sagte Meg.

„Ja, aber nur, wenn außer uns dreien niemand da ist“, stimmte Joe zu.

In diesem Moment schüttelte sich Mop und ein gewaltiger Schauer kleiner, kalter Wassertropfen ging auf sie nieder.

„Uns vieren“, kreischte Maureen.

„Drei Menschen“, verbesserte sich Meg säuerlich, „und eine große Nervensäge.“

„Da sind Leute auf dem Pier“, piepste Maureen. „Die müsst ihr mitzählen.“

Sie blickten alle zum Pier hinüber, der etwa hundert Meter entfernt lag. Zwei Fischerboote waren dort festgemacht und ein Teil der Besatzung war damit beschäftigt, die Boote zu entladen. Joe hatte die Hände in die Hüfte gestemmt und spähte angestrengt übers Wasser. Er kannte die Boote und ihre Kapitäne so gut, dass er sie im Schlaf hätte aufzählen können.

„Mick Mareolas und Greasy Bellamy auf dieser Seite“, sagte er, „und da, auf der anderen, Tiny Mazerakis und Stewy Sampson.“

Er drehte sich langsam um und schaute über den Strand zum Horizont. Cockle Bay war wirklich ein schönes Fleckchen Erde. Die Stadt zog sich an der Bucht entlang, davor lag der weiße Strand, an den sich die mit Büschen bewachsenen Sandhügel anschlossen. An den Ausläufern der Bucht ging der Strand in eine Felsenküste über, an die grell aufschäumende Brecher klatschten. Das Wasser war türkis und mit einem dunkelblauen Streifen durchzogen. Dieser dunkle Streifen zeigte an, dass hier das Wasser tiefer war – die

Fahrrinne in die offene See. Die Seahorse und ein paar andere Tunfischboote lagen an den Seiten vor Anker.

Joe atmete tief durch. Verglichen mit dem ewigen Lärm in Melbourne war dies der friedlichste Ort der Welt. Der Pier sah aus wie eine lange, hölzerne Raupe, die auf unzähligen Beinen ins Wasser watschelte und deren Körper grau und knochig in der Sonne wirkte.

Einer der Fischer begann nun Weißfisch zu säubern. Sein Messer blitzte, als er die Fische abschuppte und ausnahm. Mit einer weit ausholenden Armbewegung warf er die Innereien ins Wasser. Möwen flatterten scharenweise herbei und im Nu war das Wasser weiß von ihnen – ein Wirrwarr aus kreischenden und wild umherflatternden Vögeln.

Die Kinder schauten dem Treiben eine Weile zu, aber Maureen hatte Hummeln im Hintern. Sie wollte nicht länger nur herumstehen, hielt sich plötzlich mit Daumen und Zeigefinger die Nase zu, nahm Anlauf und hechtete mit einem weiten Sprung ins Wasser. Im Handumdrehen war sie zurück, umklammerte einen der Pfähle und bat Joe und Meg, doch ebenfalls ins Wasser zu kommen. Auch Mop hielt es nun nicht länger an Deck und er platschte mit einem mächtigen Satz ins Wasser hinein.

„Die Bauchlandung des Tages“, amüsierte sich Meg.

Joe lachte und hustete, weil er Wasser geschluckt hatte. Sie bespritzten sich und drückten sich unter Wasser. Maureen jauchzte und Mop bellte vor Vergnügen. Dann kletterten sie wieder aufs Deck. Sie duckten sich, wenn der Hund sich schüttelte und dabei Wasser verspritzte wie ein Rasensprenger.

„Wie wäre es mit noch einem kleinen Wettschwimmen?“, fragte Meg Joe nach einer kurzen Verschnaufpause.

Er war überrascht. „Wohin denn?“

„Zum Pier. Der Erste, der die Holztreppe anschlägt, hat gewonnen.“

„Gut, aber das ist ganz schön weit.“

„Och, ist gar nicht so schlimm.“

„Erst müssen Maureen und Mop zum Strand zurück. Hier können wir sie nicht allein lassen.“

Maureen stimmte ein Protestgeheul an und auch Mop „widersprach“ lautstark. Beide hörten erst auf, als Meg und Joe sich einverstanden erklärten, zu warten, bis Maureen wieder am Strand und hinüber zum Pier gelaufen sei, um als Schiedsrichterin zu fungieren. Mop wurde dazu überredet, mit ihr zu gehen, indem ihm Joe einen Schubs gab, der ihn die ersten zwei Meter des Weges durch die Luft beförderte.

Schließlich stellten Meg und Joe sich am Ende des Decks auf und signalisierten, dass sie bereit waren.

„Fertig?“, fragte Joe.

„Wenn du es bist.“

„Gut! Dann zähl ich bis drei. Eins ... zwei ... drei!“

Sie kamen gleichzeitig im Wasser auf. Joe wusste, dass Meg eine gute Schwimmerin war, aber er hoffte, die größere Ausdauer zu haben, sodass er sie am Ende überholen könnte.

Meg zeigte jedoch lange Zeit keinerlei Anzeichen von Erschöpfung. Sie lag wie eine Makrele im Wasser und vergrößerte ihren Vorsprung, der erst zwei Meter betrug, dann drei, dann vier Meter. Joe schwamm verzweifelt hinterher und konnte eine Weile den Abstand halten, aber als sie mehr als die Hälfte der Strecke zurückgelegt hatten, war Joe weiter zurückgefallen, und er gab die Hoffnung auf, sie jetzt noch einholen zu können. Beide ermüdeten langsam, schnappten immer öfter nach Luft und ihre Schwimmbewegungen wurden unregelmäßiger.

Meg war vielleicht noch zwanzig Meter von den Holzstufen entfernt, die ins Wasser führten, als sie einen Schrei hörten. Joe wandte seinen Kopf in Richtung Pier, riss die Augen auf und sah die Fischer am Geländer des Piers aufgeregt auf und ab rennen. Sie gestikulierten wild in der Luft herum und hörten überhaupt nicht mehr auf zu brüllen. Zuerst dachte Joe, dass sie ihn anfeuern wollten, aber dann erkannte er, dass den Männern das blanke Entsetzen ins Gesicht geschrieben stand.

Instinktiv blickte er hinter sich und sah etwas Langes, Dunkles aus den Augenwinkeln, das wie ein Torpedo hinter ihm herschwamm. Starr vor Angst, schoss ihm das Wort im selben Moment durch den Kopf, als er es ganz klar vom Pier vernahm: „Hai!“ Sein Blut gefror ihm in den Adern und er konnte sich vor Schreck für einen Moment nicht mehr bewegen.

Stewy Sampson, der gerade dabei gewesen war, einen großen Stachelrochen zu zerlegen, griff in diesem Augenblick nach einem großen Stück Fisch und warf es in einem weiten Bogen über das Geländer. Zum Glück ging es hinter Joe ins Wasser. Es landete genau zwischen seinen Füßen und dem näher kommenden Hai. Das war Joes Rettung.

Der Hai stoppte abrupt, drehte ab und wandte sich dem Fisch zu. Er wirbelte herum, öffnete sein riesiges Maul und verschluckte ihn.

Stewy hatte auf diese Weise den beiden Schwimmern eine kleine Atempause verschafft. In der Zwischenzeit aber hatte der Hai den Brocken längst verschlungen. Meg war zwar gerade an den Stufen angelangt, aber Joe hatte immer noch fünf Meter vor sich. Stewy eilte die Stufen hinunter, ein weiteres Stück des Rochens in den Händen, und beobachtete dabei unentwegt den Hai. Er warf den Fisch wieder hinter Joe ins Wasser.

„Schwimm, Joe“, schrie er, „schwimm um dein Leben!“

Und das tat Joe auch. Als er endlich an der Treppe angekommen war, streckten sich ihm viele Hände entgegen und zogen ihn schnellstens aus dem Wasser.

„Du meine Güte“, atmete Mick Mareolas auf, „das war wirklich knapp.“

„Seht doch!“ Die anderen starrten ins Wasser und deuteten auf den Hai. Joe und Meg, beide kreidebleich im Gesicht, drehten sich keuchend um und sahen, wie der Hai näher kam, um auch die zweite Portion zu verschlingen.

„Guckt euch den mal an. Das ist ja ein Riesenvieh“, sagte Mick beeindruckt. „Ein richtiges Monster.“

Wieder wirbelte der Hai herum und öffnete sein gewaltiges Maul. Er war kaum mehr als eine Angellänge von der Treppe entfernt, wo sie standen.

„Schaut doch!“, schrie Meg. „Der hat ja eine Narbe im Gesicht – da, über dem Maul!“

Der Hai schwamm jetzt in einem engen Kreis vor ihnen

herum wie ein Zirkustier, das während der Fütterungszeit auf Nachschub wartet. Meg hatte Recht. Eine hell leuchtende Narbe zog sich wie eine Falte vom linken Auge bis hin zum oberen Ende des Mauls.

„Ah, Narbengesicht, der weiße Hai“, rief Stewy, „ist er also wieder zurück.“

„Narbengesicht?“ Mick runzelte die Stirn.

„Klar. Vor Jahren hat ihn da mal ein Fischer mit der Harpune erwischt, daher rührt auch seine Narbe. Seitdem hat ihn niemand mehr gesehen. Alle haben gedacht, der sei schon längst nicht mehr da.“

Meg lugte über den Rand der letzten Stufe und sah dem Hai zu, wie er immer noch im Kreis schwamm. Er war riesig, bestimmt fünf oder sechs Meter lang mit einem gewaltigen, bulligen Körper. „Na, wenn der hier tot ist“, sagte sie trocken, „dann hätte ich ihm nicht begegnen wollen, als er noch lebte.“

Der Hai drehte noch einige Runden und sah dabei aus wie ein kleines Unterseeboot. Dann machte er kehrt und verschwand. Erleichtert stiegen alle die Treppe hoch zum Pier. „Danke, Mr Sampson“, wandte sich Joe an Stewy, „Sie haben mir das Leben gerettet.“ Jetzt erst bekam er weiche Knie und seine Zähne klapperten.

„Keine Ursache, Joe“, antwortete Stewy, „zum Glück hatte ich den Rochen hier.“ Dann sah er Meg und Joe nachdenklich an. „Ihr solltet jetzt nach Hause gehen und das erst mal verdauen.“ Er lächelte. „Und ich könnte gut einen Schluck vertragen.“

Als Onkel Harry abends von der Arbeit nach Hause kam und die Geschichte hörte, blickte er sorgenvoll drein. „Diese dummen Fischer“, sagte er, „sie sollten sich mal ein paar Gedanken machen.“

„Warum?“, wollte Joe wissen.

„Weil sie die Haie füttern.“

„Sie füttern sie?“ Joes Mund stand sperrangelweit offen.

„Ja. Sie nehmen die Fische auf dem Pier aus und werfen alle Abfälle ins Wasser. Und dann wundern sie sich, dass die Haie plötzlich vor ihrer Haustür auftauchen und sich über die Leckerbissen hermachen. Wenn sie ihre Fische gleich draußen in den Fanggebieten ausnehmen würden, gäbe es hier überhaupt keine Probleme.“

„Aber es sind nicht nur die Fischer“, gab Tante Ellen zu bedenken. „Auch die Kneipenwirte machen es so und die Touristen, die hier campen.“

Onkel Harry schmatzte laut. „Stimmt, aber wer auch immer, das muss aufhören. Bald kann man in der ganzen Bucht nicht mehr schwimmen – nicht mal den großen Zeh wird man noch ins Wasser halten können.“ Er kaute energisch auf einem Bissen herum. „Es läuft mir kalt den Rücken runter, wenn ich nur dran denke. Ihr drei da draußen mit Narbengesicht! Der ist groß genug, um ein Pferd in zwei Hälften zu zerlegen.“

„Wir vier“, berichtigte Joe.

„Wieso?“, fragte Onkel Harry erstaunt.

„Mop war auch mit.“

„Das ist gar nicht gut. Hunde im Wasser locken Haie zusätzlich an.“

„Wir haben nur einen einzigen zu Gesicht gekriegt“, sagte Joe, „können also nicht viele da gewesen sein.“

Onkel Harry musste so laut lachen, dass er sich beinahe verschluckt hätte. „Nicht viele? Großer Gott! Da wimmelt es nur so von Haien! Junge, die schwimmen da so dicht wie die Sardellen.“

Joe war geknickt. „Aber doch nicht an der Küste, sondern draußen auf hoher See!“

„Überall, aber besonders zwischen Cockle Bay und Wayward. Das ist einer der besten Plätze für die Großfischjagd, falls du es nicht wissen solltest.“

„Für Haie?“

„Ja, auch für die weißen.“

Meg schaute ihren Vater grinsend an. „Du willst uns doch nicht weismachen, dass wir immer über sie hinweggegondelt sind, wenn wir zur Insel fuhren?“

Er wusste, dass sie ihn nur aufziehen wollte. „Doch, mein liebes Kind“, gab er zurück, „die wussten ganz genau, wenn ihr beide an Bord wart. Sie haben schon nach euch gesucht wie Narbengesicht heute.“

„Eine Art Empfangskomitee also?“

„Es reicht, Meg“, fiel ihr Tante Ellen ins Wort. „Es gibt keinen Grund, darüber Witze zu machen. Ein Spaß ist so ein Hai nun wahrlich nicht. Oder hast du etwa schon vergessen, was heute passiert ist?“

„Nein, Ma“, antwortete Meg kleinlaut.

„Dann denk mal darüber nach. Und jetzt trink deinen Tee aus, bevor er kalt wird.“

3

Mitte Januar fuhren Meg und Maureen nach Port Lincoln, um den Rest der Ferien dort bei Freunden zu verbringen. Obwohl sie gleich angerufen hatten, dass sie gut angekommen seien, schien es Joe, als wären sie am anderen Ende der Welt.

Er fühlte sich schrecklich einsam. Besonders vermisste er Meg, auch wenn sie ihm häufig wie eine Wespe schmerzhafte Stiche versetzte. Sie war aber immer quicklebendig und hatte ständig neue Einfälle. Und sie war so etwas wie ein Leittier für Joe. Gab es etwas zu erledigen, war sie immer als Erste fertig. Wenn sie nichts zu tun hatten, erzählte sie am laufenden Band lustige Geschichten. Außerdem wusste Meg unheimlich viel – nicht nur, was die Hausaufgaben betraf, sondern auch über das Meer und die Küste, über Tiere und Pflanzen und das Hinterland. Ja, sie wusste sogar Bescheid über Taue und Knoten und wie man den Kutter nachts navigierte. Ohne sie machte alles nur halb so viel Spaß.

Joe blickte von der Anhöhe hinter Onkel Harrys Haus auf die kleine Stadt hinunter, die sich vor ihm ausbreitete. Da lagen ein paar Läden verstreut an der Hauptstraße und dazwischen völlig verwilderte Freiflächen. Zwei Kirchen standen verlassen in der Gegend herum. Des weiteren gab es nur noch die Stadthalle, die dringend einen neuen Anstrich hätte vertragen können, das Hotel, Onkel Harrys Tankstelle und eine alte Lagerhalle, die am Pier vor sich hin rostete. Schließlich gab es ein paar Dutzend Häuser, die aussahen, als habe sie jemand aus Versehen zwischen die Eukalyptusbäume gesetzt. Am anderen Ende der Stadt befand sich die Schule, die hauptsächlich von den Kindern der hiesigen Farmer und Fischer besucht wurde. Hinter ihm gab es nichts als eine ausgedehnte Kalksteinebene, kahle Weideflächen und dürre Bäume. Rechts und links von ihm erstreckte sich die Küste, die am Horizont im sommerlichen Dunst flimmerte. Sie reichte im Nordwesten bis Ceduna und den weitesten Ausläufern südöstlich bis Port Lincoln und Cape Catastrophe, wo vor langer Zeit Captain Flinders unter geheimnisvollen Umständen viele seiner Leute verloren hatte. Im Süden lag die kleine Bucht mit Cockle Bay und jenseits davon dehnte sich unendlich der Ozean, der im Sonnenlicht messingfarben schimmerte.

Unglaublich, dachte Joe. Nach Melbourne war diese Einsamkeit zum Durchdrehen. Die Stille erstickte ihn und die Abgeschiedenheit machte ihn manchmal wirklich fast wahnsinnig. Am liebsten hätte er aus Leibeskräften geschrien: „Lebt eigentlich noch jemand auf dieser Welt? Hört mich wenigstens ein Pinguin da unten in der Antarktis?“ Aber dann sah er Porker Bacon wacklig zum Hotel radeln und wusste, dass noch nicht alles Leben erloschen war.

Tief im Innern war er unglücklich. Das hatte mit alldem zu tun, was in Melbourne passiert war. Seine Mutter hatte die Familie vor vielen Jahren verlassen und sich nie wieder um ihren Sohn gekümmert. Joe wusste noch nicht einmal, wo sie sich aufhielt, geschweige denn, ob sie noch lebte. Sein Vater war zwar immer gut zu ihm gewesen, aber er erkrankte bald an Krebs. Seine Krankheit wurde schlimmer und schlimmer, zog sich über viele Jahre hin, bis er schließlich starb. Seine Freunde waren fassungslos. „Er war doch erst fünfunddreißig“, sagten sie, „in der Blüte seines Lebens.“ Onkel Harry und Tante Ellen, die zum Begräbnis gekommen waren, schlugen vor, Joe bei sich aufzunehmen. „Du gehörst jetzt zur Familie, Joe.“

Aber Joe wusste, dass er nicht zur Familie gehörte und immer ein Eindringling und Anhängsel sein würde. Obwohl sich alle sehr um ihn bemühten, fühlte er sich als Außenseiter, als eine Last. Er wusste, dass er ein zusätzlicher Schnabel war, der gestopft werden musste. Joe fand sein Gefühl bestätigt, als er zufällig hörte, wie der Onkel und die Tante über ihre Schulden bei Mr Harding sprachen.

„Er droht uns. Wenn wir nicht zahlen, lässt er uns pfänden. Er steckt auch in Schwierigkeiten, weißt du? Man munkelt, dass er sich mit seinen Geschäften total übernommen hat. Und er hat auch Verpflichtungen, die er einhalten muss.“

Joes Wangen brannten wie nach einer Ohrfeige, als er das hörte. Er war sich zwar nicht sicher, was „pfänden“ bedeutete, aber er vermutete, dass irgendetwas weggenommen werden sollte. Vielleicht die Seahorse? Aber was sollte Onkel Harry ohne den Kutter anfangen? Er müsste Wayward aufgeben und damit auch die Schafe.

In den Tagen danach lief Joe sehr trübsinnig herum. Er

dachte sogar daran wegzulaufen, damit sie für ihn nichts mehr ausgeben müssten. Onkel Harry bemerkte Joes Schwermut und versuchte ihn abzulenken. Er nahm ihn in seinem klapprigen Laster mit, wenn er den Farmern Öl oder Benzin lieferte, und er ließ ihn in der Werkstatt helfen, wenn etwas zu schweißen oder zu reparieren war.

Manchmal bediente Joe auch die Zapfsäule und musste sich mit ungeduldigen Fahrern herumschlagen. Und er musste aufpassen, dass er nicht Otto Minz, Onkel Harrys „offiziellen" Assistenten, verdrängte. Otto, ein ehemaliger Farmer, wohnte allein in einem kleinen Haus nahe der Tankstelle. Er war ein Riese, hatte struppiges, kurz geschnittenes Haar und eine rote Knollennase. Er kam jeden Morgen überpünktlich zur Arbeit und machte es sich auf einem Schemel neben der Zapfsäule bequem, um zu verhindern, dass Onkel Harry gestört wurde, wenn er in der Werkstatt arbeitete.

Der alte Otto kannte jeden im Umkreis von fünfzig Kilometern, sodass er mit den Stammkunden immer die neuesten Nachrichten austauschen konnte. Fuhr ein Fremder auf den Hof, fragte Otto ihn erst lang und breit aus, bevor er ihn bediente. Gewöhnlich wollte er den Namen wissen, woher er komme und wohin er fahre, warum er die Fahrt mache, wie lange er schon unterwegs sei, wie viel Benzin sein Auto verbrauche, ob er Familie habe und wie er die Affenhitze vertrage. Diese Informationen gab er dann an den nächsten Kunden weiter, natürlich nicht, ohne sie mit eigenen Vermutungen und Überlegungen anzureichern.

Es war also klar, dass Joe ihm seinen Platz und seine

wichtige Funktion als Nachrichtenübermittler nicht streitig machen durfte, und so vertrieb er sich, wenn nichts zu tun war, die Zeit mit Mop. Beide spielten eines Morgens wieder einmal in der Nähe des Hotels, als Boxhead Sampson mit langen Schritten vom Pier auf sie zugelaufen kam. Er war Herks jüngerer Bruder, ein guter Kerl, sechzehn Jahre alt, der auf dem Fischerboot seines Vaters arbeitete. Sein Kopf war so eckig, dass es nicht schwer zu erraten war, wie er zu seinem Spitznamen, der in etwa Quadratschädel bedeutete, gekommen war.

„Mein Vater lässt fragen, ob du Lust hast, mit rauszufahren", sagte Boxhead. „Ich hab eben Harry Blake getroffen. Er sagt, du darfst mit, wenn du willst."

Es dauerte einen Moment, bis Joe klar wurde, dass mit Harry Blake sein Onkel gemeint war. Aber dann war er Feuer und Flamme. „Ehrlich? Klar will ich!"

„Dann mach, hol schnell deine Klamotten, in einer halben Stunde geht's los. Wir werden erst heute Abend, spätestens aber morgen früh zurück sein. Wir wollen ein paar leckere Fische angeln."

Joe war schon verschwunden, bevor Boxhead richtig ausgeredet hatte. Der Hund verstand zwar nicht, warum Joe so begeistert war, aber er folgte ihm voller Erwartung nach Hause. Es war ja immerhin möglich, dass ein paar Knochen oder Fleischbrocken für ihn abfallen würden. Tante Ellen amüsierte sich über Joes Eile. „Mach nicht so 'nen Dampf", sagte sie, „oder dein Kessel platzt gleich."

„Ich muss mich beeilen. Sie legen in zwanzig Minuten ab."

„Immer mit der Ruhe. Sonst vergisst du noch was."

„Ich brauch nicht viel."

„Nimm deine Sonnenbrille mit und den alten Armeehut, den mit der breiten Krempe." Sie wühlte im Badschrank und drückte ihm eine Tube Sonnencreme in die Hand. „Und die auch."

Er rümpfte die Nase. „Das brauch ich nicht, Tantchen. Ich bin ja schon so braun."

„Nimm", beharrte sie, „und creme dir die Lippen und das Gesicht ein."

„Muss ich?"

„Ja. Du wirst doch deiner alten Tante nichts vom Leben hier erzählen wollen? Die Sonne brennt da draußen viel stärker, das Wasser reflektiert das Licht auch noch und das Salz klebt auf deinen Lippen. Wenn du nicht aufpasst, kommst du nach Hause wie ein gut durchgebratenes Stück Fleisch."

Widerwillig steckte er die Tube ein.

„Nimm noch eine Jeans mit, falls du nass wirst", riet sie ihm, „und ein paar Turnschuhe, du kannst nicht barfuß fischen bei den ganzen Angelhaken, die da rumliegen. Und vergiss deinen Pullover nicht!"

Er prallte zurück. „Einen Pullover? Meine Güte, es sind dreißig Grad da draußen!"

„In der Nacht kann es ganz schön kalt werden, vor allem, wenn Wind aufkommt."

Sie lächelte, als er sich auf den Weg machte. „Tschüss, Joe. Viel Spaß!"

„Danke, Tante Ellen."

Sie wollte noch etwas sagen, aber er war schon außer Hörweite. Er sauste den Hang hinunter zum Pier, Mop in gestrecktem Galopp immer hinterher.

Sie seufzte. *Jungen*, dachte sie, *sind genauso ungeduldig wie Mädchen*.

Die Petrel, Stewy Sampsons Kutter, hatte zwar schon bessere Tage gesehen, hatte aber, wie Stewy immer sagte, noch eine Menge Leben in sich. Er wollte nach Herringbone Shoal, ein paar Kilometer südwestlich von Cockle Bay. Das war eine Gegend, die den Kapitänen schlaflose Nächte bereitete, denn sie barg für große Schiffe viele Gefahren. Es gab dort Riffe, Felsen, Sandbänke und vor allem Fahrrinnen, die ohne Vorwarnung plötzlich in seichtere Stellen übergingen. Aber die Fischer liebten dieses Gebiet wegen der reichen Fischgründe, die sich ihnen dort zwischen Felsgrotten und unkrautüberwucherten Höhlen boten: Blau- und Weißfische tummelten sich hier, Makrelen, Hornhechte und ein gutes Dutzend andere Arten. So hatte Cockle Bay seine private Fischfarm direkt vor der Nase.

Stewy brachte die Petrel sicher durch die Fahrrinne, bis er eines seiner bevorzugten Fanggebiete erreicht hatte. Er stellte den Motor ab und beobachtete das Meer sehr genau. „Okay“, rief er, „hier sind wir richtig.“ Boxhead ließ den Anker ins Meer klatschen und wartete, bis die Ankerarme im Boden gegriffen hatten. „Alles klar“, sagte er und stellte die Kette fest. „Ich werde mal die Fische warnen, dass du hier bist, Joe.“ Er stellte einen Eimer mit Ködern bereit. „Halt Ausschau nach Weißfischen, für die anderen ist es heute schon zu spät.“

Stewy kam aus dem Ruderhaus und half ihnen. Kaum zehn Sekunden waren vergangen, dass er seine Angel ausgeworfen hatte, da biss der erste Fisch schon bei ihm an. Er zog einen großen Weißfisch an Deck, von dem das Wasser in kleinen glitzernden Perlen tropfte. Stewy packte ihn am Kopf, drehte ihn vom Angelhaken und warf ihn in den Wasserbehälter, wo der Fisch sofort begann, Runde um Runde zu schwimmen. Gleich darauf hatte Boxhead einen am Haken und dann war Joe an der Reihe.

„Na hallo“, jubelte Stewy, „heute haben sie uns aber gefunden.“

Joe sah ihn äußerst verwirrt an. „Ich dachte, wir hätten sie gefunden.“

Stewy lachte dröhnend. „Das glauben alle. Mein Junge, der Teich hier ist so riesig, dass wir ganz schön alt aussähen, wenn sie nicht zu uns kommen würden.“

Über eine Stunde angelten sie sehr erfolgreich. Dann, als der Fang nachließ, brachen sie zu einem anderen Gebiet auf, das lohnenswerter schien.

Joe hatte bis zum Mittag mehr als dreißig Fische geangelt. Insgeheim war er stolz auf sich, auch wenn Stewy und Boxhead die vierfache Menge an Bord gezogen hatten, sodass der Wasserbehälter förmlich überquoll.

Stewy reckte und streckte sich ein paarmal. „Wie die alten Knochen wieder knacken“, sagte er, „die müssten mal geölt werden.“ Dann wischte er sich an einem alten Stofffetzen die Hände ab und lächelte Joe zu, der verbissen die Angel hielt.

„Holt ein, Jungs“, rief Stewy, „Essenszeit.“

Er warf den Fetzen weg und rieb jetzt die Hände an seinem speckigen Overall ab – ein letzter Versuch, sie wenigstens ein bisschen sauber zu bekommen.

„Na denn, Joe“, sagte er, „wir haben ein paar leckere Sachen dabei – heißen Kaffee, Sandwiches und Schokoladenkuchen.“ Joe zog die Angelschnur ein und folgte ihm unter Deck. Kaum hatte er neben Boxhead Platz genommen, spürte er, wie sein Gesicht brannte. Er tastete es ab. Stewy lachte.

„Junge, Junge, du bist ja puterrot. Solltest dir ein bisschen Creme auf die Nase schmieren. So könnten wir dich glatt als Leuchtturm an die Küste stellen.“

Joe lief rot an, was aber bei seiner Gesichtsfarbe nicht zu sehen war. Sogar seine Sommersprossen waren unsichtbar geworden.

Nach dem Essen kamen sie wieder an Deck und bemerkten ein kleines Motorboot, das etwa einen Kilometer entfernt an den Ausläufern von Herringbone Shoal ankerte.

„Die suchen bestimmt Blaufische“, vermutete Boxhead. „Müssen Urlauber sein.“

Stewy stand breitbeinig, die Hüfte an die Reling gepresst, und starrte angestrengt durch sein Fernglas. „Die haben vielleicht Nerven“, stöhnte er, „sich mit so einem Ding hier herauszuwagen.“

„Zu klein?“, wollte Joe wissen.

„Zu klein und zu schwach. Hier kann es ganz schön hoch hergehen. Wenn jetzt eine hohe Welle oder ein Sturm kommt, werden die beiden von Bord gespült wie ein Zehn-Cent-Stück."

„Wer ist es denn?", fragte Boxhead.

„Zwei Blödmänner. Sind Urlauber, wirst schon Recht haben. Niemand hier in der Gegend hat so ein Boot. Hol den Anker ein, wir werden mal ein bisschen in ihrer Nähe bleiben, und dann geht's ab nach Hause."

Als sie sich dem Boot näherten, sahen sie, dass die beiden Männer sehr aufgeregt waren. Der eine, der seine Angel ausgeworfen hatte, fing plötzlich heftig zu gestikulieren an. Der andere packte ein Ruder und stieß damit immer wieder wild ins Wasser.

Boxhead lachte leise in sich hinein. „Haie", sagte er. „Sie haben sie aufgescheucht wie Ameisen."

Joe staunte. „Woher weißt du das?"

Jetzt platzte Boxhead fast vor Lachen. „Du brauchst bloß hinzugucken. Wenn du einen Fisch an der Angel hast, folgen ihm Haie. Sie reißen ihn dir weg, sobald du die Leine einholst, oder sie beißen ihn mitten durch."

Er nahm das Fernglas und lachte nun schallend.

„Der eine", gluckste er, „zieht gerade einen Fischkopf an Bord, keinen Fisch, nur den Kopf. Die können nicht viel gefangen haben." Er sah erneut durchs Fernglas. „Der ist wütend wie ein angeschossener Eber. Ich schätze, gleich kommt ihm Dampf aus den Ohren."

Stewy beobachtete nun alles vom Ruderhaus. „Der andere versucht einen Hai mit dem Ruder in Schach zu halten", sagte er. „Der muss ja weit nach oben gekommen sein."

„Die gehen gleich über Bord, wenn sie so weitermachen“, fügte er hinzu, als die Petrel sich immer weiter näherte. „Dann geht der Zirkus erst richtig los.“

Es ruckte wieder an der Angel des einen und er holte sie schnell ein. Sein Begleiter stand mit erhobenem Ruder neben ihm.

Boxhead presste das Fernglas an die Augen. Immer noch schüttelten ihn Lachanfälle. „Bestimmt klebt er dem Hai gleich eine“, johlte er, „der macht mit dem Ruder einen Wind wie ein Ventilator.“

Und dann geschah etwas Unglaubliches. Der Angler, der im Wettstreit mit dem Hai um eine Nasenlänge voraus war, zog den Fisch schwungvoll aus dem Wasser und hievte ihn in einem großen Bogen ins Boot. Im selben Moment schoss neben ihm, wild das Wasser aufwirbelnd, ein riesiger Hai bis zur halben Körperlänge aus dem Wasser. Für den Bruchteil einer Sekunde waren alle sprachlos und standen wie betäubt da.

Der Hai war nicht kerzengerade aus dem Wasser hochgeschnellt, sondern in einem Winkel, der ihn jetzt schräg zurückfallen ließ. Dabei schlug er mit einem Teil seines Körpers auf das Heck auf. Es war, als würden plötzlich zwei Tonnen von oben auf das kleine Boot drücken. Das Gewicht des Hais zertrümmerte die Schiffswand, schlug ein Loch in den Rumpf und drückte das Boot unter Wasser. Plötzlich stand der Bug senkrecht und zeigte in den Himmel. Die beiden Männer wurden ins Meer geschleudert und das ganze Boot sank so schnell, dass in der nächsten Sekunde nichts mehr davon zu sehen war.

„Oh mein Gott!“

Joe hatte seinen Stoßseufzer kaum beendet, als Stewy schon den Motor aufheulen ließ, der Anzeigehebel auf „Volle Kraft“ sprang, sich der Bug der Petrel in die Höhe hob und sie durch das Wasser schossen. Alles ging so schnell, dass es Joe zu Boden riss. Als er sich wieder aufgerappelt hatte, hatte die Petrel schon fast die Stelle erreicht, an der das Boot gesunken war.

„Schnapp dir den Bootshaken!“, brüllte Stewy zu Boxhead rüber. „Und mach die Rettungsboje klar!“

Zum Glück konnten die beiden Männer vom Motorboot schwimmen. Sie fuchtelten mit den Armen herum, winkten verzweifelt und versuchten sich bemerkbar zu machen. Stewy stellte die Petrel quer und drehte den Motor ab. „Schnell!“, drängte er. „Zieh sie hoch!“ Eine Weile herrschte heilloses Durcheinander. Arme griffen zu, Hände rutschten ab und Wasser spritzte hoch. Nach vielen Kratzern und Schrammen, wildem Geschrei und lautem Stöhnen hatten sie die beiden endlich an Bord. Das Wasser lief in Strömen von ihnen auf den Lattenrost am Heck herab.

„Danke“, hustete der erste Mann, „danke!“

„Sie haben uns das Leben gerettet“, keuchte der andere. „Ich hab schon gedacht, jetzt erwischt es uns.“

Er zog seine nasse Jacke aus. Sie platschte auf das Deck wie ein voll gesogener Schwamm. „Haben Sie dieses Riesenvieh gesehen? Ich hab gedacht, gleich sind meine Beine weg.“

Der erste Mann zitterte am ganzen Körper. „Ich weiß nicht mal, welche Sorte es war.“

„Ein Weißer“, antwortete Stewy, „ein weißer Hai. Gibt eine Menge davon hier in der Gegend. Nette kleine Burschen – eine Tonne, zwei Tonnen, manchmal auch drei.“

„Kein Wunder, dass er das Boot versenkt hat.“

„Ihr Boot war viel zu klein für den Seegang hier draußen“, sagte Stewy. „Ein Glück, dass wir hier waren. Sonst wären Sie ertrunken.“

„Oder bei lebendigem Leibe aufgefressen worden.“

„Aber wir würden dieses Scheusal wieder erkennen“, sagte der andere, „falls wir ihm noch mal begegnen sollten.“

„Wer will das schon?“, wehrte sein Begleiter ab.

„Warum? Warum würden Sie ihn wieder erkennen?“, erkundigte sich Stewy.

„Er hatte eine große Narbe im Gesicht. So gut zu sehen wie eine Hauptstraße.“

Joe pfiff durch die Zähne. „Er ist es!“, sagte er.

Die beiden Männer waren verwirrt. „Was meinst du, Junge?“

Stewy ging wieder ins Ruderhaus und ließ den Motor an. „Narbengesicht“, sagte er ruhig. „Er ist eine Legende hier. Und wir haben ihn garantiert nicht zum letzten Mal gesehen.“

Die ganze Rückfahrt über sprach Stewy mit den beiden Geretteten. Einer der beiden hatte rotes Haar, sein Begleiter nannte ihn wohl deshalb „Karotte“.

„Irgendeine Hoffnung, unser Boot zu bergen?“, fragte er Stewy.

„Das können Sie sich abschminken.“

„Das Wasser ist aber nicht tief, oder?“

„Nein.“

„Wenn ich doch wenigstens den Außenbordmotor retten könnte. Ein funkelnagelneues Stück.“

„Können Sie tauchen – mit Sauerstoffflaschen?“

„Nicht so gut.“

„Dann vergessen Sie es ganz schnell. Das hier ist keine Gegend für Sie.“

„Warum nicht?“

„Zu gefährlich. Hier gibt es Riffe, unterirdische Strömungen, unberechenbare Wellen, Brecher ... und Haie.“

Karotte nickte. „Allerdings ... Haie.“

„Und die mögen das Riff“, erklärte Stewy, „es ist für sie das reinste Tischlein-deck-dich. Hier kriegen sie, was das Herz begehrt – junge Seehunde, Fische, verletzte Tümmler, na, alles was so schwimmt.“

„Und Menschen“, ergänzte Karotte.

„Manchmal. Besonders solche, die in Panik wild um sich schlagen. Haie können Panik fühlen und sie werden magisch davon angezogen.“

Joe spürte, wie sich an seinem Hals eine Gänsehaut bildete. Vor seinem inneren Auge sah er Narbengesicht wieder, als er bei dem Wettkampf mit Meg hinter ihm herschwamm. Dieses Bild sah er oft, nachts, wenn ihn Albträume plagten oder er nicht schlafen konnte.

„Sind alles weiße Haie, ja?“, wollte Karotte wissen.

„Die meisten. Wir haben hier mit die größten Exemplare auf der ganzen Welt. Sind schon prachtvolle Burschen.“

„Wie lange leben diese Haie?“

„Weiß man nicht. Narbengesicht schwimmt hier schon dreißig Jahre rum oder länger, aber der Himmel weiß, wie alt er wirklich ist. Kann auch hundert sein.“

„Gibt es noch größere als den?“

„Aber ja. Einige Fischer haben solche Giganten schon gesehen. Wahre Monster, die sechs oder sieben Meter lang werden können und bestimmt vier Tonnen auf die Waage bringen.“

Karottes Begleiter verdrehte die Augen. „Ich denke, wir lassen das Boot und den Motor da, wo sie sind.“

„Kann ich Ihnen nur raten.“ Stewy nahm seine Mütze ab und kratzte sich am Kopf. „Diese Riesen sind klug und hinterlistig. Sie haben einige Jährchen auf dem Buckel und allerhand gelernt. Sie wollen unter sich bleiben. Sie mögen etwas bewegte See und Schatten. Das ist für sie die beste Tarnung. Aber sie kommen raus ins offene Meer oder an den Strand, wenn sie hungrig sind.“

„Wie Narbengesicht?“

„Na ja, ab und zu trifft man auf einen, der sich sozusagen selbst zur Last fällt. Das sind die schlimmsten. Hängen in der Bucht rum, schwimmen am Pier entlang und den Booten hinterher. Die werden wirklich zur Plage.“

„Eine gefährliche Plage“, bestätigte Karotte.

„Wenn sie es allzu wild treiben, müssen wir sie uns vom Hals schaffen.“

„Wie Narbengesicht?“

„Genau!“

4

Beim Tee entbrannte an diesem Abend ein heftiges Gespräch. Onkel Harry und Tante Ellen rissen Mund und Augen auf, als Joe von Narbengesicht erzählte und wie er das Motorboot versenkt hatte. Onkel Harry wollte unbedingt mehr über die beiden Fischer erfahren.

„Das gibt's doch nicht! Ich hab die beiden gestern noch bedient. Sie wollten Öl für ihren Außenbordmotor."

„Einer hatte rote Haare", berichtete Joe, „und der andere nannte ihn immer Karotte."

„Stimmt genau. Der hatte das Boot auf seinem Hänger. Ich fragte sie noch: ‚Wie weit wollen Sie denn raus mit dem Kahn?' Und er antwortete: ‚Na ja, bis Herringbone Shoal.' Ich sah ihn an und sagte: ‚Hoffentlich enden Sie nicht als Futter für die Haie.' Aber er tat das ganz schön hochnäsig ab. Er wollte mir nicht glauben."

Joe lachte. „Spätestens, als wir ihn rausgefischt haben, hätte er dir geglaubt – nachdem Narbengesicht auf seinen Schoß gehüpft war."

Tante Ellen schüttelte ungläubig den Kopf. „Das muss doch furchtbar gewesen sein."

„Wir waren auch alle total erledigt, sogar Boxhead."

„Ich darf gar nicht dran denken ... wieder dieses Ungeheuer."

Onkel Harry stippte einen Keks in seinen Tee. „Genau das ist es, was mich beunruhigt. Ich hab das Gefühl, der will es sich hier bei uns gemütlich machen."

Tante Ellen schob die Krümel auf ihrem Teller mit einem Messer zusammen. „Die kommen immer dreimal, sagt man, und beim dritten Mal ist es am schlimmsten."

„Das ist doch abergläubischer Quatsch", schnaubte Onkel Harry zornig.

„Aber die Ecke hier gefällt ihm doch, oder?" Joe zappelte unruhig.

„Natürlich, wenn die Leute ihn auch noch füttern. Er wird nicht nur dreimal aufkreuzen, er wird zehnmal kommen, zwanzigmal, hundertmal. Tag für Tag wird er hier auftauchen. Wir sollten unten am Strand ein Schild aufstellen: ‚Diese Bucht wimmelt von Haien. Kommen Sie! Genießen Sie ein Bad mit Narbengesicht!' Das wäre doch eine schöne Werbung fürs Städtchen."

Onkel Harry äußerte sich so kritisch über die Fischer, dass Joe sich Sorgen machte. Er fürchtete einen Streit, der die Leute in zwei Lager spaltete. Wenn das geschehen sollte, wollte er seinen Onkel nicht in dem einen und Stewy und Boxhead im anderen wissen.

In der Nacht hatte er erneut einen schrecklichen Albtraum von einem Hai, der sich in hohem Bogen aus dem Wasser katapultierte wie ein Delfin und gegen die rechte Seite der Petrel krachte, als sie gerade bei Herringbone Shoal fischten. Das Wasser schoss ins Boot und Joe versuchte krampfhaft, aus seiner Koje herauszukommen. Das Wasser war dick wie Sirup, es umschloss ihn mehr und mehr und hielt ihn zurück. Seine Lungen platzten beinahe vor Anstrengung. Dann sah er zu seinem Schrecken, dass der Hai im Kutter war und sein Maul aufriss. Er wich zurück und fühlte einen stechenden Schmerz in der Schläfe, als er in seiner Angst gegen das splitternde Holz donnerte, um zu entkommen. Glücklicherweise wachte er in diesem Moment auf. Das Bett war ganz zerwühlt von seinen verzweifelten Befreiungsversuchen und in seiner Stirn hämmerte es von dem Schlag, den er sich an der Bettkante versetzt hatte. „Wahnsinn“, flüsterte er, als er langsam seine fünf Sinne wieder beisammen hatte. „Wenn das so weitergeht, schwimmen die Biester noch die Hauptstraße runter und tanken bei Onkel Harry.“

Am nächsten Morgen wurde Joe bereits von Mop auf der Veranda erwartet. Tante Ellen sah beide streng an. „Joe, ich hatte dir doch gesagt …“

„Tut mir Leid, Tante Ellen“, unterbrach Joe sie, „aber er läuft mir irgendwie immer nach.“

„Offensichtlich.“

„Ich glaube, er mag mich.“

„Nein, wer hätte das gedacht“, antwortete Tante Ellen und hob dabei ihren Blick in den Himmel.

„Ich kann nichts dagegen machen.“

„Es geht darum, was du schon gemacht hast. Dauernd beschäftigst du dich mit ihm.“

„Aber einer muss sich doch um ihn kümmern. Niemand will ihn haben.“

„Haargenau."

Mop beobachtete die beiden aufmerksam, als wüsste er, dass es um ihn ging. Seine dunklen Augen strahlten wie große blank polierte Knöpfe und seine Schnauze sah aus, als lächelte er freundlich. Er stand auf, machte einen Schritt auf sie zu und wedelte mit dem Schwanz.

„Er ... er glaubt, dass er zu mir gehört."

Sie seufzte matt. „Nichts zu machen, Joe, wir können uns einfach keinen Hund leisten. Es geht nicht."

„Ich könnte Kaninchen für ihn fangen."

„Sei nicht dumm. Du hast nach der Schule überhaupt keine Zeit dafür. Und außerdem haben sowieso die meisten Kaninchen die Trockenheit nicht überlebt."

„Dann eben Fisch."

Sie drehte sich um und ging ins Haus. „Keine Diskussion mehr, Joe." Die Tür fiel hinter ihr ins Schloss.

Joe sah Mop traurig an. „Tut mir Leid, Mop", sagte er, „ist nicht deine Schuld." Er blickte über die Bucht und das Meer. „Und meine auch nicht. Es ... es ist eben so."

Mop leckte Joe die Hand. Dann setzte er sich vor ihn hin und sah ihn mit großen Augen an.

Joe kraulte ihn. „Ich sag dir was. Wir gehen jetzt zu Charlie Chops. Er ist unsere letzte Hoffnung."

Charlie Chops war kein anderer als Charles Cutter, der Fleischer. Irgendwann hatte jemand ihn in Chopper geändert und wenig später hatte man ihn zu Chops verkürzt. Mittlerweile gebrauchten die Leute diesen Namen schon so automatisch, dass die Hälfte gar nicht mehr wusste, wie er wirklich hieß.

Mop rannte voran. Er kannte die Wörter „Charlie Chops“ so gut, dass ihm schon das Wasser im Maul zusammenlief, wenn er sie nur hörte. Als sie ihr Ziel erreicht hatten, öffnete Charlie gerade seinen Laden. Über seinem gewaltigen Bauch spannte sich eine gestreifte Schürze. „Hallo“, sagte er freundlich und sah Mop an, „da kommt ja mein bester Kunde.“

„Ich glaube, er hat Hunger“, riskierte Joe zu sagen.

Charlie lachte laut auf. „So, glaubst du? Er ist ja ein wahrer Fleisch-Vernichter.“

„Wenn Sie nicht wären, würde er verhungern.“

Aus Mops Schnauze hingen dünne Speichelfäden bis hinunter zum Fußboden. „Na ja, wenn das so ist“, brummelte Charlie und verschwand im hinteren Teil des Ladens. Gleich darauf erschien er wieder mit einigen Fleischbrocken und einem großen Knochen. Mop verschlang zunächst hungrig das Fleisch und machte sich dann über den Knochen her, an dem er gierig herumnagte. Charlie sah ihm eine Weile zu.

„Sag mal, Joe“, sagte er plötzlich, „gehorcht dein Hund dir eigentlich?“

„Sagen Sie nicht ‚mein‘ Hund“, antwortete Joe alarmiert. „Tante Ellen würde einen Wutanfall kriegen, wenn sie das hörte.“

„Er benimmt sich, als wäre er tatsächlich dein Hund.“

„Ich weiß. Das ist ja das Problem.“

„Aber würde er machen, was du ihm sagst?“

„Glaube schon. Warum?“

Charlie deutete auf den kleinen Lieferwagen, der hinter

dem Laden parkte. Joe wusste, dass er ihn ab und zu benutzte, um Vieh oder Schafe in sein Schlachthaus zu transportieren, das etwas außerhalb der Stadt lag. Seine Frau kümmerte sich in dieser Zeit dann um den Laden und bediente die Leute.

„Ich muss heute landeinwärts“, sagte er, „ein Dutzend Schafe abholen.“ Landeinwärts hieß in Cockle Bay jeder Ort, der mehr als ein Steinwurf von der Küste entfernt war. „Sie sind draußen bei Herbie Driver. Aber Herbie ist nicht da und er hat seine Hunde mitgenommen.“

Joe verstand allmählich. „Ich bin zu alt und zu fett“, fügte Charlie hinzu. „Ich kann die Schafe nicht zu Fuß zusammentreiben.“

Joe stellte sich das Ganze bildlich vor und musste innerlich lachen. „Und?“

„Na, da hab ich gedacht, du und dein Hund ...“

Joe war sofort begeistert. „Klar. Wir können es ja auf einen Versuch ankommen lassen. Aber er ist kein Schäferhund, das wissen Sie ja.“

Charlie lachte so dröhnend, dass sein Bauch auf und ab hüpfte. „Nee, weiß Gott nicht. Sieht eher selbst aus wie ein Schaf.“

Joe wurde für Mop rot. „Aber er ist gut erzogen.“

„Das wird er brauchen können. Er ist uns nämlich überhaupt keine Hilfe, wenn er den Rest der Herde vertreibt und Herbie uns dann mit seinem Gewehr besucht.“

„Was soll er denn genau machen?“

„Die Schlachttiere zusammentreiben. Wenn er das macht, was du ihm sagst, könnte er uns von großem Nutzen sein. Er müsste ein bisschen auf sie aufpassen, bis sie auf dem Wagen sind."

„Gut! Ich frag Tante Ellen, ob wir …" Er brach ab und berichtigte sich: „… ob ich kommen darf."

Mop bestand alle Prüfungen glänzend. Es zeigte sich, dass er mit den Schafen gut umgehen konnte und ihm die Arbeit großen Spaß machte. Joe und Charlie mussten ihn nur mit einfachen Anweisungen dirigieren: „Halt!", rief Joe ihm von Zeit zu Zeit zu oder „Lauf!" oder „Pass auf!" oder „Hierher, Mop, bei Fuß!" Den Rest machte Mop von selbst. Joe war sicher, dass er einige Erfahrung mit Schafen gesammelt haben musste, als er noch jung war.

Charlie war beeindruckt. „Trainiere ihn noch ein bisschen und du kannst ihn für gutes Geld losschlagen."

Joe umarmte Mop. „Mop ist nicht zu verkaufen und wird es nie sein."

„Ich mache ein Geschäft mit dir", sagte Charlie. „Du fegst für mich ab und zu nach der Schule den Laden und überlässt mir den Hund, wenn ich ihn brauche."

Joe wartete gespannt, wie es weiterginge.

„Und ich gebe dir genug Fleisch und Abfälle, sodass du ihn füttern kannst."

Joe traute seinen Ohren nicht. „Echt?"

„Ja, so viel du brauchst."

„Wahnsinn, das muss ich daheim erzählen!" Joe war schon auf der anderen Straßenseite, kaum dass Charlie zu Ende gesprochen hatte.

Tante Ellen war nicht zu Hause. Joe nahm an, dass sie zur Werkstatt gegangen war, also änderte er die Richtung und jagte den Hügel hinauf. Mop sprang ausgelassen um ihn herum.

„Tante Ellen!“, schrie Joe. „Tante Ellen! Onkel Harry!“

Die beiden traten aus der Werkstatt. Er rannte auf sie zu. „Darf ich Mop behalten, wenn Charlie Chops ihm zu fressen gibt?“ Er kam schwer atmend vor ihnen zum Stehen. „Ja? Bitte!“

Die Tante öffnete ihren Mund, schloss ihn aber gleich wieder, ohne etwas zu sagen. Onkel Harry wischte sich über den Hals. „Ist das auch wahr, Joe? Hat Charlie das wirklich gesagt?“

„Ja doch, ja. Er hat es vorgeschlagen. Wir haben einen Handel gemacht.“

Tante Ellen fand ihre Stimme wieder. „Was für einen Handel?“, fragte sie argwöhnisch.

„Er gibt mir Fleisch, und ich fege seinen Laden. Dafür will er sich Mop manchmal ausleihen.“

„Ausleihen? Wofür?“

„Um die Schafe zusammenzutreiben. Das macht Mop ganz toll.“

Onkel Harry schnaubte unwillig. „Schafe? Der ist doch wie ein Elefant im Porzellanladen.“

„Nein, er ist wirklich gut. Er muss früher einmal auf einer Farm gelebt haben.“

„Der hat doch sein Lebtag noch kein Schaf gesehen.“

„Doch, heute. Er hat gearbeitet, draußen bei Herbie Driver.“

Joes Augen leuchteten. „Und er wird noch viel besser werden mit ein bisschen Übung. Wir könnten ihn sogar mit rüber nach Wayward nehmen."

Onkel Harry starrte ihn ungläubig mit offenem Mund an. „Mit auf die Insel?"

„Ja. Er erspart dir eine Menge Lauferei. Er kann das wie ein erfahrener Schäferhund."

Tante Ellens Miene verdüsterte sich. „Joe, ich hab dir doch heute Morgen gesagt ..."

„Aber das war vor Charlies Angebot. Wir konnten uns kein Futter leisten für ihn – aber jetzt können wir." Joes Gesicht war jetzt so angespannt, dass er beinahe krank aussah.

Tante Ellen hob die rechte Hand und ließ sie hilflos wieder fallen. „Ach, es hat ja doch keinen Zweck", sagte sie nur.

Onkel Harry lächelte. „Na, das sieht ja ganz so aus, als ob schon alles abgemacht sei, meinst du nicht?"

„Heißt das, dass ich ihn behalten darf?"

„Frag deine Tante."

Schnell wandte sich Joe an sie. „Darf ich, Tante Ellen? Bitte ...", schmeichelte er.

Sie seufzte resigniert. „Na ja, dann ... Aber nur, wenn Charlie das wirklich versprochen hat!"

Joe trat impulsiv auf sie zu. Sie dachte, er wolle sie umarmen und ihr einen Kuss geben, aber solche Liebesbezeugungen hatte ihm seine Kindheit längst abgewöhnt. Er nahm ihre Hände und drückte sie fest. „Danke, Tante Ellen, vielen Dank."

Er drehte sich um und schoss wie eine Rakete los, um

Charlie die Nachricht zu überbringen. Onkel Harry rief ihm nach: „Den Laden fegen ist ein hartes Brot! Denk daran, dass du deinen Teil der Abmachung auch einhalten musst!“

Joe wirbelte noch einmal kurz herum. „Mach ich, keine Angst! Und ich pass auf Mop auf. Ihr werdet schon sehen!“

Als Onkel Harry wieder in die Werkstatt gehen wollte, sah er, dass seine Frau Tränen in den Augen hatte. „Was ist los, Liebling?“

Sie trocknete sich mit dem Handrücken die Augen ab. „Dieser Junge“, sagte sie fast unhörbar, „und dieser Hund! Manchmal schaffen sie mich.“

In den nächsten Tagen rumpelten einige Familien in ihren Wohnwagen nach Cockle Bay, ein halbes Dutzend Erwachsene mit sieben oder acht Kindern und zwei Hunden. Sie deckten sich mit Lebensmitteln ein und tankten ihre Autos bei Onkel Harry auf – natürlich erst, nachdem Otto Minz sie einem Kreuzverhör unterzogen hatte. Die nächsten Tage vergnügten sie sich oder faulenzten einfach nur am Strand.

Joe suchte sie dort bald nach ihrem Eintreffen auf, um sie zu warnen. „Geht nicht ins tiefe Wasser“, warnte er, „und plantscht nicht so herum. Hier gibt’s Haie.“ Aber sie benahmen sich ihm gegenüber recht grob und rüpelhaft und schlugen seine Warnungen in den Wind.

„Red kein Blech“, sagte eine Frau. „Wir sind die ganze Küste entlanggefahren und haben keinen Hai gesehen. Nicht einen einzigen.“

„Sie sind nicht leicht zu sehen“, antwortete Joe, „besonders an wolkigen Tagen.“

Ein Mann mit Bierbauch und Glatze machte sich über ihn lustig. „Hör zu, du halbe Portion. Jeder Hai, der hier auftaucht, wird höllische Angst bekommen, wenn er mich sieht. Ein Blick – und er schwimmt um sein Leben.“

Ein dürrer Mann mit unzähligen Pickeln stimmte ihm zu. „Und vor mir erst“, sagte er und grinste dümmlich. „Wenn ich auch nicht so aussehe, aber in Badehosen kann ich zum Tier werden.“

Am nächsten Tag alberten sie am Strand herum, drückten sich gegenseitig unter Wasser und wirbelten johlend das Wasser auf wie eine Horde Nilpferde. Joe und Mop standen auf dem Pier und sahen Mick Mareolas zu, der eine Ladung Fisch in seinem Handkarren verstaute.

Plötzlich schwebte mit einem wahren Höllenlärm ein Hubschrauber über der Stadt, ging über dem Strand herunter und flog dann einen großen Bogen über die Bucht. Die Kinder liefen äußerst aufgeregt durcheinander. „Schraubhuber, Schraubhuber“, kreischte eins.

Das hatte es in Cockle Bay noch nicht gegeben. „Was will der denn hier, in so einem gottverlassenen Nest?“, wunderte sich Mick.

„Wird wohl einer von der Bohrplattform draußen sein“, meinte Joe. „Ich hab es vorhin im Radio gehört. Sie mussten einen Mann ins Krankenhaus nach Ceduna bringen.“

„Aber was macht er dann hier?“

„Weiß nicht. Muss wohl auf dem Rückweg zur Plattform sein."

Es dauerte nicht lange, bis sie den Grund herausfanden. Der Hubschrauber drehte noch eine Runde über der Bucht, um dann über dem freien Platz hinter dem Pier zu kreisen. Er schien landen zu wollen.

„Er landet!", quiekte eins der kleinen Mädchen.

Der Hubschrauber machte einen solchen Lärm, dass man sein eigenes Wort nicht mehr verstehen konnte, der Rotor verursachte einen mittleren Sandsturm, ja sogar kleine Steinchen flogen durch die Luft. Dann setzte die Maschine elegant wie eine Libelle auf. Der Krach ebbte nach und nach ab und erstarb bald völlig. Dann stieg der Pilot aus seiner Kanzel und fuhr einigen Kindern, die ihn umringt hatten, freundlich durch die Haare. Die Erwachsenen folgten langsamer nach, um zu erfahren, worum es ging.

„Ich dachte, ich sollte Sie besser warnen", sagte der Pilot lächelnd. „Sie haben einen Besucher in der Bucht."

Im ersten Augenblick verstand Joe nicht. „Einen was?"

„Einen von der Sorte, die man nicht so gern sieht. Ein wahres Prachtexemplar. Einen der größten, die ich je gesehen hab." Langsam fiel der Groschen. „Ach, einen Hai." Das Wort schien sich wie ein Echo fortzupflanzen und wieder zurückzukommen zu denen, die es aussprachen: Ein Hai ... ein Hai. Ein großer Hai. In der Bucht.

„Er schwimmt da munter in der Fahrrinne rum", fuhr der Pilot fort, „da hab ich ihn zuerst gesehen. Scheint recht unerschrocken und ziemlich selbstsicher zu sein."

Der Pilot wandte sich an die Feriengäste. „Ich würde an

Ihrer Stelle nicht mehr ins Wasser gehen. Jedenfalls nicht, solange sich der nette Kamerad da in der Bucht rumtreibt. Der ist groß genug, um einen Ochsen zu verschlingen."

Joe sah sich in der Runde um. Alle drängelten sich jetzt um den Piloten und bestürmten ihn mit Fragen. Joe verschwand unbemerkt und rannte den Pier entlang bis zu seinem äußersten Ende. Doch es gab nichts Ungewöhnliches zu sehen.

Er lugte aufmerksam nach allen Seiten und hoffte, wenigstens die Flosse des Ungeheuers zu sehen. Mick spülte den Pier mit zwei Eimern Wasser ab und sammelte die liegen gebliebenen Fischstücke auf.

„Wonach hältst du denn Ausschau, Joe?", grinste er breit. „Meerjungfrauen?"

„Nee, nach dem Hai, aber ich kann ihn nicht entdecken."

Mick lachte. „Haie sind wie Geister. Sie sind überall und nirgends."

„Aber der Pilot hat ihn doch gesehen."

„Der kann jetzt schon ganz woanders sein. Wahrscheinlich ist er ins Meer zurückgeschwommen, verschreckt vom Hubschrauber und dem ganzen Lärm hier." Mick warf eine Hand voll Fischabfälle ins Wasser. Sie schwammen einen Moment auf der Oberfläche und sanken dann langsam. „Das Einzige, was du bei Haien berechnen kannst, ist, dass sie unberechenbar sind."

Joe wollte schon gehen, als er einen Schatten im Wasser wahrnahm. Er fasste Mick am Arm und wies ihn darauf hin. „Da. Schau mal, da!"

„Wo?“

„Da!“

„Oh ja. Ich sehe ihn. Junge, Junge, ist der groß.“

Sie starrten wie gebannt auf das Tier, das auf sie zuschwamm. Obwohl sie zwanzig oder dreißig Meter entfernt waren, konnten sie seine Umrisse deutlich sehen. Der Hai schwamm auf die Fischstücke zu, bis er fast unter ihnen war. Dann öffnete er das Maul und Joe konnte für den Bruchteil einer Sekunde die Furcht erregenden dreieckigen Zähne sehen. Es war wie bei einer Rückblende im Film, wenn die Bilder wellenförmig ineinander übergehen, oder wie ein Blick durch eine verregnete Fensterscheibe. Dann schloss sich das Maul wieder und der Schatten verschwand im tieferen Gewässer.

„Hast du's gesehen?“, fragte Mick aufgeregt. „Hast du sein Gesicht gesehen?“

„Nicht deutlich.“

„Aber ich. Die Narbe war klar zu erkennen.“

„Narbengesicht?“

„Narbengesicht! Ganz sicher.“

„Mannomann“, sagte Joe, „also ist er tatsächlich zurück.“

Diesmal war Onkel Harry wirklich verärgert, als er davon hörte. „Jetzt reicht's“, sagte er scharf. „Wir müssen etwas unternehmen.“

„Bloß was?“, fragte Joe.

„Wir müssen ihn loswerden, bevor etwas passiert.“

„Und wie?“

„Zunächst müssen wir alle zusammentrommeln. Dann

müssen wir unbedingt jemanden aus Adelaide kommen lassen – jemanden wie George Lane."

„Wer ist das?"

Onkel Harry lächelte wissend. „Ein Spezialist, könnte man sagen. So eine Art professioneller ‚Hai-Beseitiger'."

In den nächsten Tagen erfuhr Joe einiges über George Lane. Er war einer der besten Hochseefischer der Welt. Er hielt fünf Rekorde und er konnte mehr haarsträubende Geschichten über Haie erzählen als sonst irgendjemand in ganz Australien.

Bei der Versammlung waren alle einverstanden, dass man George bitten sollte, Narbengesicht zu jagen. Onkel Harry bot die Seahorse gratis an, wenn die anderen die Kosten für das Benzin übernehmen würden. Doch insgeheim hofften alle, dass George Lane die Fahrt und seine Ausgaben aus eigener Tasche finanzieren würde.

Mick Mareolas dankte Onkel Harry und schlug ein Barbecue am Strand vor, um das Geld für das Benzin und die Arbeitszeit, die er für die Jagd opfern musste, zusammenzubekommen. Ein halbes Dutzend Leute unterstützte ihn, und so war das Barbecue mit Beifall und Händedruck beschlossene Sache.

Als Meg und Maureen aus Port Lincoln zurückkehrten, besserte sich Joes Stimmung schlagartig. Im Haus war sofort wieder Leben, als die beiden durch die Tür traten. Und Meg war ganz wild darauf, die Geschichten von Narbengesicht, dem gesunkenen Boot und dem Hubschrauber zu hören, aber auch von Mops Erfolg. Joe war ein bisschen stolz auf seine Erlebnisse.

Das Barbecue fand am folgenden Sonntag statt. Es hätte ein schöner, unbeschwerter Tag für Joe werden können, wenn Mop sich nicht wieder einmal völlig danebenbenommen hätte.

Die ersten Gäste stellten sich schon am frühen Vormittag ein und kurz darauf standen in der Nähe des Piers unzählige Autos, Lieferwagen und sonstige fahrbare Untersätze. Manche dieser Gäste lagen in Badesachen faul am Strand herum, andere bemühten sich krampfhaft, große Sonnenschirme im Sand zu verankern. Kinder rannten schreiend durcheinander, immer abwechselnd ins Wasser und wieder heraus. Männer kämpften sich den Abhang hinunter, schwer beladen mit Eisbehältern, Bierfässern und Kartons, die Frauen deckten die Tische mit Plastikbahnen ab und dekorierten sie. Charlie Chops und Stewy Sampson, die beiden Köche, standen mit langen Gabeln inmitten des dichten Qualms und drehten eifrig die Würste und Steaks.

Mop nutzte das emsige Treiben aus. Unmittelbar hinter Charlie und Stewy brachen zwei Tische fast unter ihrer Last zusammen – Berge von Steaks und Würstchen türmten sich dort. Als sich der Hund unbemerkt von hinten anschlich, hatte er freie Auswahl und konnte sich dann ins Gebüsch zurückziehen, um sich über seine Beute herzumachen. Nachdem ihm das einmal gelungen war, unternahm er einen zweiten Versuch und bald darauf einen dritten. Beim vierten Versuch war er aber zu wählerisch und wollte sich nur noch die allerschönsten Stücke herauspicken. Er beschnüffelte die Steaks und die Würstchen, um sich die größten Leckerbissen zu angeln.

Das hätte er lieber nicht tun sollen. Weit über den Tisch gelehnt, um einen besonders guten Überblick über das Angebot zu haben, presste er seinen Körper mehr und mehr gegen den wackligen Tapeziertisch, der schließlich unter seinem Gewicht nachgab. Die Fleischberge fielen in den Sand und Mop sah sich Auge in Auge mit Stewy, in dessen Gesicht plötzlich die pure Mordlust aufflackerte. Er griff sich seine große Gabel und stürzte sich auf den Hund. „Verfluchter Köter“, schrie er, „aus dir mach ich Hackfleisch!“

Mop wich zurück und schnellte herum, wobei er in seiner Hast das Fleisch noch zusätzlich mit Sand überhäufte. Die Zinken von Stewys Gabel trafen ihn ins Hinterteil, er jaulte kläglich auf und preschte mit einem Affenzahn den Strand hinunter und Stewy rannte fluchend hinter ihm her.

Joe, Meg und Nicky Reggio waren soeben mit ihrer Strandburg für Maureen fertig geworden und damit beschäftigt, kleine Geschütze auf die Zinnen zu verteilen, als so etwas wie eine behaarte Kanonenkugel mitten durch sie hindurchfegte und die ganze Burg zerstörte. Sie schrien wild durcheinander.

„Pass doch auf, wo du hinlatschst!“

„Los, weg hier!“

„Doofmann!“

„MOP!“

Kaum einen Atemzug später stand Stewy röchelnd vor ihnen und schwang drohend seine Gabel.

„Dein idiotischer Hund“, brüllte er Joe an, „dieses verlauste, niederträchtige Vieh! Das halbe Fleisch hat er ruiniert."

Joe sprang auf. „Oh, tut mir Leid, Mr Sampson."

„Mir auch. Dieser nichtsnutzige Köter ..."

„Ich ... Ich geh und hol ihn."

Stewy starrte ihn wütend an. „Tu das! Und dann verpass ihm eine ordentliche Portion Strychnin!"

„Ich geh schon, Mr Sampson."

Schließlich hatten sie Mop eingefangen, der, ohne sich umzublicken, bis an die äußerste Landspitze geflohen war. Meg half Joe, als er ihn nach Hause brachte und ihn im Garten ankettete. Joe sah ihn freundlich an. „Du konntest doch nicht wissen, dass das Fleisch nicht für dich war. Besonders, weil Charlie damit rumhantierte. Du hast gedacht, das wäre eine Extraportion, stimmt's?"

Meg lachte. „Das solltest du besser nicht Stewy hören lassen."

Mop sah sie mit großen Augen an und wedelte halbherzig mit dem Schwanz. Er hatte den Schmerz noch nicht vergessen, den ihm die Gabel zugefügt hatte.

„Bist ein guter Junge", tröstete ihn Joe.

Plötzlich stieß Mop einen Rülpser aus. Es wusste ja keiner, dass er schon fünf große Steaks und elf Würstchen ergattert hatte, bevor der Tisch zusammenbrach.

„Er ist kein guter Junge", sagte Meg, „erzähl ihm keine Märchen. Wenn Stewy ihn noch mal erwischt, wirft er ihn den Haien zum Fraß vor."

Joe trottete traurig davon. Egal, was Mop machte, immer gab es Ärger.

5

Onkel Harry nahm nicht sofort mit George Lane Kontakt auf – dazu war er viel zu clever. Er rief zunächst die Tageszeitung in Ceduna an und machte dem Chefredakteur einen Artikel über Narbengesicht schmackhaft. Es sollte ein Artikel darüber sein, wie der Hai zu seiner Narbe gekommen war und wie er fast einen kleinen Jungen erwischt hätte, wie er das Boot der Touristen versenkt hatte und über seine Furchtlosigkeit, seine Größe, sein Gewicht. Sensationen waren immer gut. So etwas würde die Leser doch sicher interessieren.

Kurz nach Erscheinen des Artikels beschäftigten sich die Nachrichtensendungen des örtlichen Rundfunksenders mit der Geschichte, worauf bald das Regionalfernsehen folgte. Und dann dauerte es nicht mehr lange, bis Narbengesicht auch ein gefundenes Fressen für die Großstadtzeitungen war. Onkel Harry wurde fast verrückt von den Anrufen der Reporter und den Scharen von Fernsehleuten aus dem ganzen Land. Und alle fragten ihn Löcher in den Bauch. Er hatte es verstanden, die Sensationslüsternheit der Medien auszunutzen, die solch eine Geschichte von einem Riesenhai, der ein Boot auf dem Gewissen hatte, begierig aufgriffen. Und auch die Geschichte von dem Jungen, der im letzten Moment gerettet werden konnte, war eine Sensation.

Alle wollten mehr darüber wissen. Die Geschichte war etwas für die Schlagzeilen – sie war jetzt ein Aufmacher.

Nun zog Onkel Harry das Ass aus dem Ärmel. Er rief George Lane in Adelaide an und fragte ihn, ob er nicht nach Cockle Bay kommen und Narbengesicht jagen wolle. Ein Boot, die Seahorse, gut in Schuss, würde selbstverständlich zur Verfügung gestellt. Die Leute in der Stadt waren der Meinung, dass George als Erster gefragt werden sollte, weil er der Rekordhalter war. Würde er ablehnen, könnte man immer noch jemand anderen fragen.

Aber George biss an. „Der Hai gehört mir“, sagte er sofort zu. „Vermieten Sie Ihr Boot niemandem sonst. Ich kann allerdings nicht vor Ostern. Haltet ihr bis dahin durch?“

„Kein Problem“, antwortete Onkel Harry. „Wir freuen uns, dass Sie kommen können.“

Onkel Harry freute sich noch viel mehr, als er sagen wollte. Er wusste, dass George sehr wohlhabend war und sicher die anfallenden Kosten selbst übernehmen konnte.

Das Fernsehen und die Zeitungen jubelten, als sie die Nachricht erhielten. George Lane erschien auf allen Kanälen, wurde zu seinen Erfolgen befragt und führte seine Fanggeräte vor. Der Rundfunk holte ihn vors Mikrofon und die Zeitungen überboten sich mit riesigen Überschriften wie *Jetzt wird der Jäger gejagt* oder *Sankt George und der Drache*.

Onkel Harry amüsierte sich köstlich darüber. „Sankt Georg und der Drache“, wieherte er, „ein herrlicher Blödsinn.“

„Och, ich weiß nicht“, grinste Meg verschmitzt, „sein

Schlachtross ist die Seahorse, und an Stelle einer Lanze hat er eben eine Harpune.“

„Wir haben es hier mit einem wirklichen Untier zu tun, nicht mit einem deiner Papiertiger“, spottete ihr Vater. „Ein Hai – fünf oder sechs Meter lang mit einem Maul wie eine Baggerschaufel und messerscharfen Zähnen. Verschone uns bitte mit dem Zeug aus deinen Büchern. Gegen Narbengesicht sind all deine Drachen die reinsten Schoßhündchen.“

Die Aufregung in der Stadt wuchs, je näher Ostern heranrückte. In diesem Jahr war besonders ungewöhnlich, dass der Anzac-Tag – der Tag der Australischen und Neuseeländischen Streitkräfte – auf den Mittwoch nach Ostern fiel, weswegen sich viele Leute entschlossen hatten, an der Küste Ferien zu machen. Einige schlugen ihre Zelte ganz in der Nähe des Strandes auf, um Narbengesicht gleich unter die Lupe nehmen zu können, sollte es George Lane gelingen, ihn zu erlegen.

Onkel Harry war nervös. Die Seahorse musste auf Vordermann gebracht werden und man musste ausreichend Benzin und Proviant herbeischaffen. Und das war natürlich alles auch eine Geldfrage. Zwar wollte George Lane für das Anheuern der Seahorse bezahlen, aber Onkel Harry hatte sie ihm für einen so niedrigen Preis überlassen, dass es fraglich war, ob die Unkosten damit gedeckt werden könnten. Man hatte beschlossen, dass Herk Sampson und Onkel Harry mit auf Haifang fuhren. So musste Herk voll bezahlt werden, weil er für die Fahrt auf seine Ferien verzichtete und auch Otto Minz musste sein Geld bekommen, denn er sollte sich während Onkel Harrys Abwesenheit alleine um die Tankstelle kümmern.

Joe wusste, dass sich Onkel Harry Sorgen machte. Er hörte ihn nachts auf und ab gehen und im Schlafzimmer mit Tante Ellen sprechen, wenn alle anderen schliefen. Nun war Joe zwar kein Lauscher an der Wand, aber das Haus war so klein und die Wände so dünn, dass er gar nicht anders konnte, als mitzuhören. Deshalb war er über einige Neuigkeiten bestens informiert.

„Wir brauchen unbedingt einen Koch“, sagte Onkel Harry, „so ein berühmter Mann wie George Lane ist erstklassiges Essen gewöhnt.“

„Ja, Liebling“, hörte er Tante Ellen seufzen.

„Aber das Problem ist ja nicht nur, jemanden zu finden, vor allem über Ostern. Das kostet auch.“

„Allerdings.“

„Deshalb hab ich schon an Meg und Joe gedacht.“

Joe saß kerzengerade im Bett, in seinem Bauch rumorte es. Im selben Moment hörte er Tante Ellen gedämpft ausrufen: „Mach dich nicht lächerlich, Harry!“

„Es ist nicht so dumm, wie es sich anhört.“

„Natürlich ist es dumm. Herr im Himmel, sie sind doch noch Kinder. Ich hab keine Tochter in die Welt gesetzt oder einen Neffen dazubekommen, damit sie da draußen mit einem Hai kämpfen und ihnen Stangen und Angelhaken um die Ohren sausen. Nicht in ihrem Alter.“

„Sie könnten es, das weiß ich. Und sie wären so sicher wie zu Hause.“

„Sie sind zu jung, Harry!“

„Vielleicht – aber sie könnten sich nützlich machen. Sie könnten die Kombüse sauber halten, Toast und Kaffee machen, Eier braten ... Und wenn wir Eintöpfe und Pasteten und ein paar Töpfe mitnehmen, könnten sie sogar die Hauptmahlzeiten zubereiten.“

Tante Ellen seufzte erneut. „Nein, Harry. Sie sind doch noch Kinder!“

„Beide zusammen ersetzen glatt einen Erwachsenen.“

„Das schaffen sie nicht.“

„Und hundert Dollar würden wir auch noch sparen.“

Joe, der seinen Ohren nicht traute, hielt es kaum noch im Bett aus. Am liebsten wäre er durchs Zimmer gesprungen und hätte dabei laut „Wir schaffen es! Wir schaffen es!“, gerufen, aber er musste ja über dieses Geheimnis Stillschweigen bewahren. In der Schule fiel ihm das am schwersten, wenn Nicky oder Meg über Narbengesicht und George Lane sprachen. Ein paarmal, als Meg ihn scharf musterte und fragte: „Hast du was, Joe? Du bist so still“, wäre er fast umgefallen und hätte es ihr erzählt. Aber es war etwas, das er eigentlich nicht wissen durfte.

Meg hätte sonst gedacht, dass er ihren Eltern nachspionierte. Und außerdem war die Sache viel zu unsicher, alles konnte noch ganz anders kommen.

Schließlich ließ Onkel Harry eine Woche vor Ostern beim Nachmittagstee die Bombe platzen. Er tat so, als sei es ihm gerade erst eingefallen und fragte die beiden wie nebenbei:

„Na, ihr zwei, was würdet ihr davon halten, über Ostern auf der Seahorse mitzuhelfen, als Teil der Besatzung?"

Meg spuckte vor Begeisterung fast ihren Tee über den Tisch und Joe tat sein Bestes, um überrascht zu wirken. Maureen bekam wie üblich einen Wutanfall, als sie merkte, dass sie nicht gemeint war, aber Tante Ellen brachte sie mit einem strengen Blick zum Schweigen.

Onkel Harry strahlte, nicht zuletzt deshalb, weil er seine Frau doch noch von seiner Idee überzeugt hatte. „Es ist die Chance eures Lebens", sagte er. „Manche Leute würden alles dafür geben, einem Mann wie George Lane bei der Arbeit zugucken zu dürfen. Eine Vergnügungsreise wird es allerdings nicht, das ist euch doch klar?"

„Ja, Dad", antwortete Meg.

„Wir werden bis zum Umfallen schuften", fügte Joe hinzu.

„Und ihr solltet vor allem aus dem Weg gehen, besonders, wenn sie einen Hai am Haken haben", sagte Tante Ellen finster.

Als George Lane ein paar Tage später eintraf, waren alle erst einmal enttäuscht. Er war weder groß oder stattlich, noch ein sonderlich schöner Mensch. Er hatte ein rundes Gesicht, eckige Schultern und eine Glatze. Aber er war stark wie ein Ochse und er wusste, wie man Haie fängt.

Zwei Tage lang wurde in großer Aufregung alles vorbereitet. Die Seahorse hatte einen großen Lukendeckel, der sich bis auf das Deck zurückklappen ließ und so eine beachtliche Plattform abgab, die auf allen Seiten mit dicken Bolzen befestigt wurde. Der spezielle Drehstuhl, den George Lane mitgebracht hatte, wurde in der Mitte aufgeschraubt und eine Fußleiste rund um ihn herum angebracht. Alles war jetzt bestens für die Großfischjagd hergerichtet.

„Ich bevorzuge einen niedrigen Stuhl", erklärte George, „einen, auf dem ich mich beim Ziehen so weit zurücklehnen kann, dass ich fast auf dem Rücken liege. Und er muss sich so schnell drehen können wie ein Kreisel." Er setzte den Stuhl in Schwung, sodass dieser heftig um seine eigene Achse rotierte. „Um mich herum muss viel Platz sein, keine Pfosten, keine Streben, keine Hindernisse – nichts. Nur eine flache Leiste, um meine Füße dagegenzustemmen, damit ich ordentlich ziehen kann."

Er setzte sich zum wiederholten Mal in den Stuhl und probierte alles aus, bis alles zu seiner Zufriedenheit war. Dann kontrollierte er sein riesiges Sortiment an Angelgeräten: Ruten und Winden, Seile, Taue und Haken. Alles zusammen war bestimmt mehrere tausend Dollar wert.

Danach mussten sie am Heck noch den „Galgen" für die Köder präparieren und ein Gestell für den Tropfer anbringen. Mick Mareolas wurde losgeschickt, um ein paar Stachelrochen und reichlich Tunfisch zu besorgen, während sich Onkel Harry darum kümmerte, die vielen Vorräte einzulagern.

In der Zwischenzeit hatten Meg und Joe ihre Taschen mindestens fünfmal ein- und wieder ausgepackt. Joe war zudem noch Anlass für einen kleinen Streit in der Küche. Tante Ellen war am Verzweifeln, als Joe Eier und Speck briet und versehentlich einen Teil auf den Küchenboden fallen ließ. Wie sollte das erst werden, wenn er Wasser heiß machen, Eintopf erhitzen, Kaffee kochen oder Toast machen sollte?

Tante Ellen überwachte auch das Einpacken solcher Dinge wie Zahnbürsten, Kämme, dicker Pullover und warmer Socken und bestand darauf, dass Meg sich die Haare schneiden ließ. Sie war besorgt, dass sich ihr langes Haar in George Lanes Geräten verfangen könnte. Normalerweise hätte Onkel Harry sie ausgelacht und sie eine „überfürsorgliche Glucke" genannt, aber er war zu beschäftigt, um davon Notiz zu nehmen.

Im allerletzten Moment gab es noch Probleme mit Herk, der die Besatzung leiten sollte. Er hatte sich einen Tag, bevor die Seahorse auslaufen sollte, den Knöchel verstaucht. Er kam auf einer Krücke angehumpelt und bedauerte, die Fahrt nicht mitmachen zu können. Aber sein Bruder Boxhead wollte für ihn einspringen, und wenn er auch nicht ganz so kräftig war wie Herk, war er doch aus demselben Holz geschnitzt und kannte die See gut.

Am Donnerstag vor Ostern rannten Meg und Joe, kurz nachdem die Schule aus war, nach Hause, griffen sich ihre Taschen und rannten atemlos hinunter zum Pier. Tante Ellen und Maureen gingen ihnen langsam nach, um zum Abschied zu winken. Eine halbe Stunde später machte Boxhead die Leinen los und die Seahorse dümpelte durch die Fahrrinne, bevor sie Kurs auf die offene See nahm. Die große Haijagd hatte begonnen.

6

Zunächst musste Narbengesicht natürlich gefunden werden. Er hatte sich zwar einige Wochen nicht blicken lassen, aber dennoch war Onkel Harry zuversichtlich, dass er sich noch in der Gegend herumtrieb.

„Wir finden ihn", prophezeite er. „Er mag die Ecke hier zwischen Herringbone Shoal und Cockle Bay, und das sind nicht mehr als sechs Kilometer. Wir übernachten bei Seal Island und machen uns dann mit dem ersten Tageslicht auf die Suche."

George Lane überprüfte nochmals sorgfältig die Geräte. Seine Glatze glänzte in den Strahlen der aufgehenden Sonne wie frisch poliert. „Euere Aufgabe ist es, den Hai zu finden", sagte George, „ich hoffe, dass ich dann den Rest erledigen kann."

Meg, Joe und Boxhead beobachteten ihn und versuchten herauszufinden, was für ein Mensch er war. Sie wussten nicht viel von ihm, nur, dass er in Adelaide ein Geschäft hatte, eine Privatmaschine besaß und dass er im Gegensatz zu den meisten Fischern nicht viel redete.

Er hielt fünf Rekorde, aber er prahlte nie damit. Er erzählte nichts von seinen Misserfolgen, aber auch nichts von seinen Leistungen. Er wirkte eher wie ein bedächtiger Bibliothekar oder wie ein Universitätsprofessor, aber nicht wie ein Hochseefischer. Allerdings war er ein Perfektionist, alles musste hundertprozentig sein. Das war aber auch nur zu verständlich, denn er bereitete sich ja auf ein Duell mit einem Hai vor. Das konnte ihn leicht sein Leben kosten.

Onkel Harry steuerte die Seahorse an eine windgeschützte Stelle vor Seal Island und warf den Anker aus. Joe und Meg servierten das Essen – dampfenden Eintopf, dicke Butterstullen, Früchte mit Sahne und heißen Kaffee – und spülten danach das Geschirr. Um neun Uhr lagen sie alle in ihren Kojen.

„Morgen geht's früh raus, Joe", kündigte Onkel Harry an, „um fünf Uhr ist Frühstück angesagt."

Joe sah Meg an. „Wer ist an der Reihe?"

„Du kannst fragen! Beide natürlich."

„Okay."

Onkel Harry schmunzelte. „Ich wecke euch."

Joe lag noch lange wach. Alle möglichen Gedanken gingen ihm durch den Kopf. Er liebte die See und das sanfte Schaukeln des Kutters, er mochte das klatschende Geräusch des Wassers, wenn es gegen den Rumpf schlug, und er genoss dieses Gefühl von Unendlichkeit und Freiheit auf See. Vielleicht konnte er später ja für immer auf einem Boot anheuern. Vielleicht würde er sogar einmal ein eigenes Boot haben und sich in einem Ort wie Cockle Bay niederlassen und so leben, wie es ihm gefiel. Das wäre nicht schlecht. Auf alle Fälle wäre es besser, als nach Melbourne zurückzukehren, wo ihn nichts erwartete außer schlechten Erinnerungen.

Schließlich nickte er doch ein. Als Boxhead an seiner

Koje rüttelte, kam es ihm vor, als habe er gerade zwei Minuten geschlafen. Eine Weile später schrie ihm Boxhead laut ins Ohr. „Aufwachen! Aufwachen! Los, los, erhebe dich! Die Köchin ist schon seit zwanzig Minuten auf den Beinen!"

Joe fuhr so schnell hoch, dass er mit dem Kopf gegen die Decke stieß. „Ehrlich? Oh, Mann, ich muss noch einmal eingeschlafen sein."

„Würden der Herr gern duschen, oder soll ich ein Bad richten?", fragte Boxhead. Joe rieb sich die Stirn und versuchte, einen klaren Kopf zu bekommen. Er schaute Boxhead reichlich dumm an. Er wusste selbstverständlich, dass es auf der Seahorse kein Bad gab und der kleine Waschraum war so eng, dass man ein Ofenrohr sein musste, um sich in ihm umdrehen zu können. Aber im Moment war Joe noch zu keinem einzigen vernünftigen Gedanken fähig. Sein Kopf brummte. Er fühlte sich wie nach einer Narkose.

„Ein Bad?", gähnte er verwirrt.

„Ja, über Bord", gab Boxhead zurück.

„Ach, schwimmen, ja? Gute Idee."

Onkel Harry steckte den Kopf zur Tür hinein. „Na, immer sachte mit den jungen Pferden! Ich guck erst mal, ob das Wasser sauber ist."

Joe verstand nicht. Und es brachte ihn noch mehr durcheinander, als plötzlich der Motor ansprang und die Seahorse an ihrem Ankerplatz hin und her schaukelte. Gleich darauf war alles wieder still.

„Alles klar!", rief Onkel Harry. „Kannst kommen! Ich hol das Gewehr."

Joe war immer noch etwas schwer von Begriff. „Das Gewehr?"

„Ja, für die Haie. Ich pass auf." Er sah Joes entgeistertes Gesicht und lachte laut. „Hier solltest du nicht einfach reinspringen, ohne vorher ein paar Vorsichtsmaßnahmen zu treffen. Besonders morgens nicht. Haie mögen Boote. Sie verharren bewegungslos unter ihnen und machen dort ein Nickerchen. Oder sie reiben sich am Rumpf, um lästige Schmarotzer loszuwerden. Wenn du einfach so reinhopst und rumtollst, kann es dir leicht passieren, dass du ihnen direkt ins Auge siehst. Sie kommen dann aus dem Bootsschatten hervor und leisten dir ein bisschen Gesellschaft. Hab ich schon erlebt."

„Verzichte dankend", sagte Joe. Er zögerte. „Ich glaube, ich geh lieber in den Waschraum."

„Na, du bist mir einer", lachte sein Onkel. „Ich hab extra die Maschine angeschmissen und das gute Stück zum Schaukeln gebracht, um die Biester zu verjagen – für den Fall, dass da unten welche rumgelungert haben. Aber jetzt ist die Luft rein und ich steh ja mit meiner 303er an Deck. Das Wasser ist kristallklar. Da kann man jeden Hai auf hundert Meter sehen."

Boxhead schnappte sich ein Handtuch und stieg die Treppe hinauf. „Nun komm schon", drängelte er, „ich werfe dich rein."

Sie rannten beide in Unterhosen über das Deck und kamen mit einem gewaltigen Klatscher im Wasser auf. Es war glatt wie ein Spiegel und die Seahorse lag inzwischen so ruhig, dass sie aussah wie gemalt.

Joe war begeistert. „Mann, ist das irre, das ist ja fast, als wäre man alleine auf der Welt!“

„Ja, nicht viel los heute“, entgegnete Boxhead und strich sich eine Strähne aus dem Gesicht. „So eine ruhige See hat man selten hier.“

Sie sahen Meg zu, wie sie über das Deck flitzte und einen gekonnten Kopfsprung machte. „Guck dir mal die an“, bemerkte Boxhead, „die übt schon für die Olympischen Spiele.“

Joe war noch nie in solch einem Meer geschwommen und er hatte selten so viel Spaß gehabt. Ihm war, als gehöre sein Körper gar nicht mehr zu ihm, so leicht kam er ihm vor, so geschmeidig und schnell. Die drei vergnügten sich im Wasser wie junge Seehunde und glitten schwerelos dahin. Sie tauchten und konnten gar nicht genug davon bekommen. Man konnte den sandigen Grund unter sich ganz klar erkennen, Algen und Muscheln, und, etwas weiter weg, sogar die einzelnen Glieder der Ankerkette. Die Welt bestand nur noch aus Wasser und weichem, gedämpftem Licht.

Dann kamen sie bestimmt zum zehnten Mal wieder an die Oberfläche und schnellten aus dem Wasser hervor, das wie kleine Regenschauer von ihren Schultern abfiel.

„Genug“, rief ihnen Onkel Harry zu, „alle Mann an Bord!“

„Wir kommen!“

Sie kletterten an Bord und rubbelten sich mit den Handtüchern ab.

„Das schönste Bad, das ich je hatte“, sagte Joe japsend.

„Für mich auch“, stimmte Meg zu. „Als ob wir im Licht geschwommen wären. Ich kam mir vor wie ein Seehund.“

„Hast aber mehr wie eine Meerjungfrau ausgesehen. Bloß dass die Haare zu kurz sind.“

„Lasst gut sein“, mahnte Onkel Harry, „und nun zieht euch an – und dann ab in die Kombüse, da wartet Arbeit.“

Zehn Minuten später briet Meg schon Eier und Speck und Joe machte Toast und Kaffee. Boxhead zog den kleinen Klapptisch hervor, an dem sie alle mehr schlecht als recht Platz hatten. George Lane saß schweigend am Kopfende, nippte an seinem Kaffee und starrte aus dem Bullauge.

„Was meinen Sie?“, fragte Boxhead ihn. „Ist heute der große Tag?“

„Zu ruhig“, schüttelte George den Kopf.

„Haie mögen es etwas aufgewühlter“, pflichtete Onkel Harry bei. „Sie werden nervös bei so einer Totenstille.“ Er hievte sich hoch und tappte an Deck. „Egal, wir werden es versuchen. Wir können hier nicht nur den ganzen Tag herumsitzen.“

Sie brachen zu ihrer ersten Suchfahrt an den Rändern des Riffs entlang auf. George kniete am Heck und stellte den Tropfer für den Walfischtran ein. Es dauerte eine ganze Weile, bis er es geschafft hatte – zuerst tropfte es zu schnell, dann zu langsam. Aber zum Schluss schien er mit der Geschwindigkeit zufrieden. Die Tropfen verteilten sich auf der Wasseroberfläche und bildeten eine schmale Spur, die die Seahorse hinter sich herzog. Sie sah aus wie eine Leuchtspur. Walfischtran ist etwas, dem Haie nicht widerstehen können. Und wenn sie dann erst einmal am Kutter sind, warten dort die Köder auf sie – große Stücke von Stachelrochen und Tunfisch, die vom „Galgen“ bis fast auf die Wasseroberfläche herabhängen.

Aber heute hatte die Seahorse kein Glück. Alle Haie schienen sich auf und davon gemacht zu haben. „Die sind auf Wanderschaft“, grollte Onkel Harry. „Normalerweise schwimmen die hier dicht an dicht herum wie Sardinen in der Dose.“

Nach dem Mittagessen probierten sie es ein paar Kilometer weiter und dann fuhren sie das Gebiet sogar einmal diagonal ab. Nichts. Es zeigte sich kein einziger Hai.

„Zu ruhig“, wiederholte George. „Wenn doch etwas Wind aufkäme.“

Onkel Harry klemmte sich hinters Funkgerät, hörte die Wetterberichte ab und schielte dauernd zum Barometer. „In ein, zwei Tagen wird es besser. Über der Bucht zieht Wind auf. Dann wird sich etwas tun.“

Die Vorhersagen waren richtig. Am Samstag kam starker Sturm aus Südwest auf und blies den ganzen Tag über so kräftig, dass sie sogar gezwungen waren, mit der Seahorse auf der Leeseite von Seal Island Schutz zu suchen. Am Sonntag flaute der Wind zwar etwas ab, aber die Wellen hatten immer noch dicke Schaumkronen und das Wasser am Riff war aufgewühlt, ein einziges undurchdringliches Gewirr, über dem die Gischt zusammenschlug.

Nach dem Frühstück ging Onkel Harry an Deck und schaute aufmerksam in alle Richtungen. Er sah George fragend an. „Ist das Wasser nun zu rau?“

„Wird sich legen. Mittags wird es genau richtig sein.“

Sie verbrachten den Vormittag damit, alles in Ordnung zu bringen. Meg und Joe räumten die Kombüse auf und Boxhead scheuerte das Deck. George nahm ein paar große Köderstücke aus dem Gefrierschrank und beschäftigte sich lange Zeit damit, sie auf die richtige Höhe über dem Wasser zu bringen. Dann kontrollierte er zum hundertsten Mal die Angelruten und Rollen.

Kurz vor Mittag ließ Onkel Harry den Motor an und die Seahorse tuckerte auf die offene See. Es gab einige gefährliche Stellen hier, aber er kannte die Gegend wie seine Westentasche und hielt den Kutter sicher auf Kurs entlang dem Riff. George stellte den Tropfer auf eine höhere Geschwindigkeit.

Nach zwei, drei Kilometern, als sich ein großer Fels aus dem Riff erhob, ließ Onkel Harry seinen Kutter im Kreis fahren und drosselte das Tempo auf Kriechfahrt. „Der Mermaid Rock“, rief er. „Ist eine gute Stelle. Gewöhnlich ein richtig beliebtes Ziel der Haie.“

Er hatte seinen Satz kaum beendet, als Boxhead vor Freude einen Luftsprung machte. „Na also! Da kommen sie ja schon!“

Onkel Harry schaltete die Maschine ab und die Seahorse glitt etwas langsamer durch die Wellen. Der Wind trieb sie vom Riff weg, sodass keine Gefahr bestand.

Drei Haie tauchten neben dem Kutter auf. Sie waren

sichtlich nervös, angestachelt durch den Walfischtran und die Köder. Die meiste Zeit über waren sie nur als flüchtige Schatten kurz unter der Oberfläche zu erkennen, aber dann und wann schnitt eine Rückenflosse durch das Wasser wie ein dreieckiges Messer.

George stand steuerbord an der Reling und beobachtete sie genau. „Kleine Burschen“, sagte er zu Boxhead.

„Wie groß schätzen Sie?“

„Drei Meter. Fünfhundert Kilo vielleicht, das, was wir einen ‚Tausendpfünder‘ nennen.“

„Na trotzdem, es ist ein Anfang.“

„Sicher.“

„Werden Sie es versuchen?“

„Nur, wenn ein größerer auftaucht.“

Sie warteten geduldig. Andere Haie stellten sich noch ein, aber alles kleinere Exemplare. Der größte wog etwa um die sechshundert Kilogramm. Der allerdings war schnell und angriffslustig. Ohne Vorwarnung schwamm er zum Heck, bäumte sich zu einem der Steuerbordköder auf und biss ein großes Stück ab, bevor er wieder ins Wasser zurückfiel. Dann schwamm er einen großen Kreis, als bereite er sich auf einen neuen Versuch vor.

George ließ ihn nicht aus den Augen. „Der Kamerad da, der wäre es tatsächlich wert“, sagte er.

„Warum nicht?“, warf Onkel Harry ein. „Das wäre eine gute Vorbereitung auf Narbengesicht. Und es würde schon mal unsere Schultern trainieren.“

George überlegte einen Moment. „Gut“, entschied er dann, „probieren wir es!“

„Köder klar, Deck frei!“, rief Onkel Harry Boxhead zu.

George schnallte sich sein Geschirr um. Er lehnte sich auf seinem Stuhl weit zurück und stemmte die Füße gegen die Leiste. Boxhead lockte den Hai mit einem präparierten Tunfischbrocken herbei. Er stellte sich nahe an der Reling in Position. Die Stahlschnur hielt er, ein Stück über dem Köder, fest in beiden Händen.

„Er kommt garantiert wieder steuerbord“, rief George, „zu derselben Stelle wie eben. Das machen sie immer.“

Er hatte Recht. Kurze Zeit später tauchte der Hai genau an der Stelle auf, wo er den ersten Köder entdeckt hatte. Boxhead lehnte sich weit vor und tauschte in Windeseile den Köder vom „Galgen“ mit seinem Tunfisch aus. Der Hai kam aus dem Wasser, öffnete seinen Rachen und schlang seine Beute gierig hinunter, den Haken mitsamt der Stahlschnur – alles.

Onkel Harry sprang ins Ruderhaus und rief Meg und Joe zu sich. „Bleibt jetzt hier! George braucht Bewegungsfreiheit.“

Boxhead räumte ebenfalls das Feld, hockte sich backbord an die Reling und beobachtete alles, um im Notfall eingreifen zu können.

Joe und Meg warteten aufgeregt, wie es weiterginge. Sie hatten noch nie einem Großfischjäger bei der Arbeit zugesehen. Doch die erste Zeit passierte seltsamerweise überhaupt nichts. Der Hai rekelte sich an der Oberfläche, als sei nichts geschehen.

„Was ist passiert?“, flüsterte Meg.

Ihr Vater lachte leise in sich hinein. „Der Hai hat noch

nicht gemerkt, dass er am Haken hängt. George hat bisher nichts unternommen. Er passt jetzt den günstigsten Moment ab.“ Aber noch während er sprach, musste der Hai den Zug der Angelschnur bemerkt haben. George ruckte kräftig an ihr, um den Haken so tief wie möglich zu verankern, und im selben Augenblick spulte sich die Schnur rasend schnell von der Rolle ab. Der Hai, der zuvor am Heck herumgeschwommen war, jagte nun los und war einen Augenblick später schon hundert Meter weg, dann zweihundert, dann dreihundert Meter.

„Rückwärts!“, brüllte George. „Ich hab nur sechshundert Meter!“

Onkel Harry machte die Maschine an, legte den Rückwärtsgang ein und ließ die Seahorse mit halber Kraft nach achtern laufen. Immer wenn die Schnur etwas nachgab, zog George sie wieder straff. Wenn der Hai die Richtung änderte, schwenkte George auf seinem Stuhl sofort dorthin, sodass er das Tier immer direkt vor sich hatte. Der Kampf hatte nichts Sensationelles. Es spielten sich keine spektakulären Szenen ab wie in Filmen, in denen Tunfische auf ihren Schwänzen tanzten oder Schwertfische in die Luft sprangen und beim Zurückfallen riesige Fontänen aufspritzten. Dies hier war ein verbissener, stiller Kampf mit einem zumeist unsichtbaren Gegner.

George schien alles unter Kontrolle zu haben. Er besaß ein untrügliches Gespür dafür, was der Hai wohl im nächsten Moment machen würde, als übermittle ihm die Schnur, die ihn mit dem Hai verband, geheime Botschaften. Er rutschte auf seinem Stuhl herum und drehte sich unaufhörlich in die Richtung des Hais. Einmal, als der Hai wie ein Blitz kehrtmachte und direkt unter den Kutter schwamm, schnallte sich George sogar ab und rannte wie von der Tarantel gestochen auf der Seahorse hin und her. Gleich darauf saß er schon wieder in seinem Stuhl, wuchtete die Angel herum, spulte die Schnur etwas auf, hievte die Angel wieder hoch und spulte erneut. In diesem Kampf gab es keine Pause.

Dicke Schweißtropfen standen ihm auf der Stirn und er rief Boxhead zu sich, um sie ihm abzuwischen. Dann legte der Hai wieder einen Spurt ein, die Schnur straffte sich und rollte ab wie der Treibriemen von einem Schwungrad. Eine Schnur mit einer Reißfestigkeit von nur ein paar Kilogramm kann nicht hastig eingeholt werden, wenn am anderen Ende ein Hai von sechshundert Kilogramm hängt. Sie würde reißen wie ein Baumwollfaden. Und Joe hatte das Gefühl, dass sie auch nur ein Baumwollfaden war.

Ein Ende des Kampfes war nicht in Sicht. Dreißig Minuten vergingen, sechzig, anderthalb Stunden. George war rot im Gesicht, sein kahler Kopf glänzte in der Sonne und sein Hemd war völlig durchgeschwitzt. Aber schließlich wurde der Hai müde und die Schnur begann sich aufzurollen, Zentimeter für Zentimeter, zuerst dreihundert Meter, dann vierhundert. George verstärkte den Druck, damit der Hai härter ziehen musste. Fünfhundert Meter.

„Das war's", rief er Boxhead zu. „Fischhaken klar?"

„Ja", gab der verdattert zurück.

„Schnapp dir das Stahlstück, wenn es oben an der Rute ist. Aber sei vorsichtig! Dreh den Hai so, dass er längs am

Boot hochkommt. Und keine Panik, sondern schön ruhig!" George rang jetzt nach Atem wie ein Hundertmeterläufer. „Wenn du zwischendurch Pause machst oder unregelmäßig ziehst, entwischt er dir und haut ab. Dann geht alles von vorn los."

Joe und Meg saßen wie auf glühenden Kohlen. Sie konnten den Hai jetzt deutlich sehen. Er trieb wie benommen an der Wasseroberfläche.

„Die Stahlschnur", kündigte George an.

Sie glänzte, als sie aus dem Wasser kam. Dieser Teil der Schnur war enorm reißfest und ihre Belastbarkeit lag bei einer Tonne. Die Regeln für Sportfischer lassen die Verwendung einer solchen Stahlschnur am Ende der Angelschnur zu, um den Haken fester halten zu können. Und die Haie können sie nicht einfach zerbeißen oder durchscheuern.

Jetzt durchbrach der Hai die Wasseroberfläche. „Da ist er. Vorsicht jetzt!"

Boxhead streckte die Arme aus, packte die Stahlschnur und zog den Hai an der Schnur Stück um Stück nach oben.

George löste seinen Gurt und sprang von der Plattform. „Pass auf, dass er sich nicht selbstständig macht."

„Und wenn?", fragte Boxhead ängstlich.

„Dann lass ihn. Muss ich ihn eben wieder einholen." Er sah Boxhead scharf an. „Und rolle um Himmels willen die Stahlschnur nicht an Deck auf! Lass sie zwischen Hai und Boot. Wenn sie sich nur ein bisschen um deine Füße wickelt und sich der Hai davonmacht, dann hast du entweder kein Bein mehr oder du wirst so lange unter Wasser gezogen, bis du ertrunken bist."

Zum Glück ging alles gut. Ein paar Minuten später war der Hai am Fischhaken und trieb festgezurrt längsseits. Der Kampf war vorbei. Er hatte genau zwei Stunden gedauert.

„Was jetzt?“, fragte Meg. Sie war außergewöhnlich ruhig. Vielleicht hatte sie mit dem Hai genauso viel Mitleid wie Bewunderung für George.

„Jetzt lassen wir ihn wiegen“, antwortete ihr Vater.

George nickte. „Würde gern wissen, ob es ein neuer Rekord ist.“

Eine halbe Stunde später schleppten sie den Hai nach Cockle Bay und hievten ihn auf die Waage am Ende des Piers. Eine kleine Menschenmenge kam schnell zusammen, und auch Tante Ellen und Maureen kamen eilig angerannt. Alle reckten die Hälse, um die Anzeige auf der Skala zu sehen.

Charlie Chops machte den Wiegemeister. Er bemühte sich, möglichst offiziell zu klingen. „Bitte alle zurücktreten! Tretet doch zurück!“

„Pass aber bloß auf, dass du richtig wiegst“, fuhr Mick ihn an, „und nicht zu wenig wie sonst in deinem Laden.“

Die Umstehenden johlten. Charlie überhörte die Bemerkung und warf prüfende Blicke auf die Skala. „Sechshundertachtzehn Kilo!“, rief er. Einige applaudierten, andere schüttelten George die Hand. Nur Porker Bacon war missgestimmt. „Ihr seid rausgefahren, um Narbengesicht zu jagen“, sagte er, „und nicht so eine Sprotte. Den hier könntest du Narbengesicht aus den Rippen schneiden, und es wäre kein Unterschied.“

„Wir fahren wieder raus“, gab Onkel Harry schnell zurück. „Du brauchst uns bloß zu sagen, wo Narbengesicht ist. Dann serviert George ihn dir gleich auf einem goldenen Tablett.“

Sie füllten Proviant auf und legten am späten Nachmittag ab. Bei Sonnenuntergang hatten sie ihre Ankerstelle vor Seal Island wieder erreicht.

7

Es war eine schöne, klare Nacht mit einer kühlen Brise, die von Süden her wehte. „Gutes Haiwetter“, befand Boxhead. „Diesmal kriegen wir Narbengesicht. Ganz bestimmt!“

George lächelte. „Einen bestimmten Hai in diesem Riesenteich zu finden, das ist ein bisschen wie ein Lotteriespiel, weißt du?“

„Als ob man einen Floh auf einem Elefanten sucht“, brummte Onkel Harry.

George nickte. „Und selbst wenn wir ihn finden – dann müssen wir ihn auch noch fangen.“

„Sie machen das schon.“

„Mir sind mehr Haie wieder abgehauen, als ich gefangen habe“, dämpfte George die Erwartungen.

„Warum?“, fragte Joe enttäuscht. „Haben die Haie die Schnur durchgebissen?“

„Es kann eine Menge passieren. Sie können die Schnur zerreißen oder mit ihr in ein Riff schwimmen, sie können sie an Felsen durchscheuern oder die Stahlschnur aufrollen.“ George unterbrach sich, als ob er all seine Fehlschläge Revue passieren ließe. „Der Griff an der Rolle kann heißlaufen oder klemmen, das Zahnrad kann sich abschleifen, die Rute kann brechen. Ein Hai, der eine Tonne wiegt, kann nach dem Haken schnappen und ihn gerade biegen. Er kann den Köder ausspucken oder das Boot angreifen und die Schnur um die Schraube wickeln.“

Joe und Meg lauschten fasziniert. Im Stillen hofften sie, dass die Jagd auf Narbengesicht Wochen oder Monate dauern würde. Dann könnten sie die ganze Zeit an Deck sitzen und George drängen, mehr von seinen Abenteuern zu erzählen. Von all den Haien, die er gefangen hatte, und von denen, die ihm durch die Lappen gegangen waren. Aber Onkel Harry hatte ein sehr wachsames Auge auf sie und schickte sie schließlich mit der Erinnerung an die harte Arbeit, die sie am nächsten Tag erwarten würde, und mit der Aussicht auf große Abenteuer ins Bett.

Er sollte Recht behalten. Am Montagmorgen folgten die Haie dem Kutter wie Hyänen. Es gab kleine Tiere, die neugierig und hungrig im Wasser umherflitzten, mittelgroße, die sich furchtlos an die Köder heranmachten, und zwei, drei große, die über vier Meter lang waren. Nur von Narbengesicht war weit und breit nichts zu sehen.

Nach einer Weile entschied George sich für einen der Größeren und hoffte, wenigstens einen Rekord brechen zu können. Aber diesmal hatte er kein Glück. Er hatte sich nach der langen Warterei das größte Tier ausgesucht, hatte ihn dann aber kaum zehn Minuten am Haken, als sich der Hai so geschickt drehte, dass er bald das Ende der stählernen Schnur erreicht hatte. Es folgte ein knirschendes Geräusch – der Hai hatte die Schnur mit einem Mal durchgesägt.

„Mist!“, fluchte Onkel Harry im Ruderhaus.

„Pech“, sagte Boxhead, der enttäuschter war als George.

Der holte wortlos den Rest der Schnur ein, nahm eine neue Schnur und einen neuen Haken. „So ist es eben“, sagte er ruhig. „Manche kriegt man, manche kriegt man nicht.“

Sie suchten noch zwei Tage weiter. Viele Haie folgten ihnen und machten sich gegenseitig den Platz an der Transpur und den Ködern streitig. Nur Narbengesicht ließ sich nicht blicken. Er war wie vom Erdboden verschluckt. Joe und Meg waren der Verzweiflung nahe und sogar Onkel Harry wurde ungeduldig und zunehmend gereizter. Nur George war die Ruhe selbst. Nichts schien ihn aus der Fassung bringen zu können. Vielleicht war das die Erklärung dafür, dass er so ein erfolgreicher Fischer war.

„Man muss Geduld haben“, erklärte er. „Manchmal musst du Jahre auf einen wirklich großen Fang warten. Und manchmal entwischt er dir dann doch noch.“

Am Dienstagabend machte die Seahorse wieder im Windschatten von Seal Island fest. Bevor er sich schlafen legte, ging Onkel Harry noch einmal mit einigen Ködern an Deck. „Wir werden diesmal ein paar über Nacht hängen lassen“, sagte er.

Meg schien trotz der harten Arbeit in der Seeluft aufzuleben, Joe dagegen machte alles eher schläfrig. Er hatte sich so an das sanfte Schaukeln des Kutters gewöhnt, dass er dabei wie ein Bär schlief. Boxhead musste ihn morgens richtiggehend wachrütteln.

Aber selbst Joe konnte kein Auge zutun bei der Aufregung, die einen Abend später auf der Seahorse entstand. Ein gewaltiger Schlag ließ den Kutter erbeben, er neigte sich bedrohlich nach steuerbord, kippte dann nach backbord und rollte anschließend von Seite zu Seite. Das Holz ächzte. Im nächsten Moment kam ein mahlendes Geräusch vom Heck her, der Bug ging in die Höhe und das ganze Boot begann auf und ab zu hüpfen.

Erregte Stimmen mischten sich rundherum mit lauten Rufen. Onkel Harry war im Nu aus seiner Koje heraus und mit einem Satz an Deck. Er leuchtete mit einer Taschenlampe ins Wasser. Seine Pyjamahose hing ihm so weit in den Kniekehlen, dass sie im nächsten Augenblick ganz herunterzurutschen drohte. Boxhead, George und Meg standen dicht gedrängt hinter ihm.

„Ein großer Bursche!“, rief Onkel Harry. „Er knabbert an der Schraube herum.“

Zum zweiten Mal innerhalb von ein paar Tagen stieß Joe sich den Kopf, als er etwas zu rasant aus seiner Koje springen wollte. Er fiel wieder zurück und versuchte, die Richtung zu peilen, dann taumelte er an Deck. Onkel Harry stand am Heck und ließ die Taschenlampe aufleuchten. Wie eine Klinge schnitt der Lichtstrahl die Dunkelheit. Meg befand sich backbord, George und Boxhead hielten steuerbord Ausschau. Joe gesellte sich zu Meg. „Irgendwas zu sehen?“, wollte er aufgeregt wissen.

Wie um seine Frage zu beantworten, schoss ein riesiger Hai aus dem Wasser und versuchte, an einen der Köder zu kommen. Onkel Harry richtete sofort die Taschenlampe auf ihn und einen Moment konnten Meg und Joe direkt in den weit aufgerissenen Schlund sehen. Die Zähne, die etwa fünf Zentimeter lang waren und an vorsintflutliche Messer erinnerten, blitzten kurz im Licht auf. Dann klatschte der Hai ins Wasser zurück. Es spritzte hoch auf und schäumte, eine Welle ergoss sich über den Kutter. Der Hai hatte seinen Rachen wieder zugeklappt und im Schein der Taschenlampe war jetzt klar und deutlich eine wie mit dem Lineal gezogene Linie vom linken Auge bis zum oberen Kiefer zu erkennen – die Narbe.

„Er ist es!“, schrie Meg. „Es ist Narbengesicht!“

Ihr Vater atmete schwer, nachdem er zu ihnen hinübergerannt war. Er versuchte, mit dem Lichtschein der Taschenlampe den Hai zu verfolgen. Aber es war unmöglich, denn Narbengesicht schwamm wie der Blitz in tieferes Wasser und verschwand. „Er war es wirklich!“, rief er. „Den gibt es nur einmal!“

Diesmal war auch George in heller Aufregung. „Bleib hier“, sagte er beschwörend. „Bitte, Narbengesicht, bleib hier, bis es hell wird.“

„Es ist ein gutes Zeichen, dass er hergekommen ist“, stellte Onkel Harry fest. „Er hat Hunger.“

George schaute auf die Uhr. „Vier. Erst in zwei Stunden wird es hell genug sein, um ihn zu jagen.“

„Wir können nichts machen – nur hoffen.“

Boxhead, der die ganze Zeit über nackt gewesen war, hatte am ganzen Körper eine Gänsehaut. „Mir ist kalt“, schlotterte er. „Ich hau mich wieder aufs Ohr.“

Alle krochen zurück in die Kojen, aber an Schlaf war nicht mehr zu denken. Dazu waren sie viel zu angespannt. Sie horchten auf jedes noch so winzige Geräusch.

„Da ist er wieder“, sagte Onkel Harry plötzlich. Sie hörten es nur zu deutlich – ein langes, kratzendes Geräusch, als würde außen am Rumpf Sandpapier entlanggezogen. „Vielleicht schubbert er sich ab.“

Dann rasselte etwas metallen am Bug und der Kutter erbebte wieder für einen kurzen Moment.

„Was macht er denn jetzt?“, fragte Joe ängstlich.

„Er vergnügt sich mit der Ankerkette“, antwortete Onkel Harry. „Er nagt gerade an ihr herum wie ein Hund an einem Knochen.“

„Ich wusste gar nicht, dass sie zu Schiffen so bösartig sein können.“ Joe konnte nur schwer ein Zittern in seiner Stimme verbergen.

Sein Onkel lachte. „Sie können alles – sie beißen dir das halbe Heck weg, schlagen ihre Zähne in die Planken, rütteln an der Ankerkette, machen sich über die Schraube her, ja, sie zertrümmern sogar manchmal den Ködergalgen. Du kannst dir bestellen, was sie tun sollen – sie machen es!“

„Sein Verhalten lässt mich hoffen“, ließ sich George wieder völlig ruhig vernehmen. „Je aggressiver er ist, desto größer ist die Chance, dass er sich an die Köder ranmacht.“

„Hat mal jemand daran gedacht“, fragte Meg mit angstvoller Stimme, „dass uns im Moment nur ein oder zwei Zentimeter Holz von ihm trennen?“

„Ja“, antwortete Joe. „Er ist jetzt direkt neben deinem Ellenbogen. Er kann dein Blut riechen.“

„Das Einzige, was der Hai hier riechen kann, sind deine Socken, Joe“, gab sie wütend zurück, „die stinken so, dass sie jeden Hai verrückt machen.“

Mit dem ersten Tageslicht, das durch die Bullaugen fiel, eilten alle an Deck. Von Narbengesicht keine Spur.

„Verdammt!", sagte Boxhead. „Ich dachte, diesmal hätten wir ihn sicher."

„Er ist alt und gerissen", sagte George. „Er will uns für unser Geld eine gute Vorstellung bieten."

Beim Frühstück entwickelten sie einen Schlachtplan. „Er ist bestimmt nicht weit", meinte Onkel Harry. „Es ist noch nicht mal eine Stunde her, dass er zuletzt an der Seahorse war. Also kann er nicht weit geschwommen sein."

„Und Haie schwimmen ja auch nicht nur geradeaus", ergänzte George. „Sie bleiben eine Weile irgendwo, machen kehrt und stecken ihre Nase mal hier und da mal rein."

„Wir sollten den Tran diesmal im Kreis auslegen und nicht in einer geraden Linie", schlug Onkel Harry vor.

Boxhead war sofort dafür. „Das ist eine tolle Idee. Dann brauchen wir nur in der Mitte zu warten."

„Und wenn er außerhalb bleibt?", zweifelte Meg.

„Wir machen den Kreis groß genug, nur keine Angst", beruhigte sie ihr Vater.

Aber sie brauchten ihren Plan gar nicht auszuführen. Nicht einmal einen Kilometer von Seal Island entfernt, als die Seahorse auf Touren kam, frische Köder ausgehängt waren und der Tropfer arbeitete, rief Boxhead aufgeregt: „Da ist er! Er ist wieder da!"

Es war genau acht Uhr. Joe war gerade mit dem Geschirrspülen fertig und Meg hatte die Kombüse auf Hochglanz gebracht. Sie stürmten die Treppe hoch und sahen, wie George überglücklich sein Geschirr umschnallte und Boxhead sich weit über die Reling lehnte, um die Köder backbord zu überprüfen. Ein paar kleine Haie mühten sich vergeblich, sie zu erreichen.

„Lästige Viecher“, murmelte Onkel Harry ungeduldig. „Sie werden noch alles verderben, wenn wir jetzt nicht gut aufpassen.“

George zog seinen Gurt nach und spähte übers Wasser. „Bist du sicher, dass es Narbengesicht ist?“

„Hundertprozentig“, antworteten Meg und Boxhead fast gleichzeitig. Boxhead deutete auf eine Stelle im Wasser. „Sehen Sie, sein Markenzeichen ist so deutlich zu sehen wie eine Ackerfurche.“

Narbengesicht hatte sich derweil backbord einen Köder geangelt und schwamm einen großen Kreis, um sich die nächste Portion zu holen.

„Runter mit diesem Köder!“, rief Onkel Harry angespannt. „Boxhead, nimm den alten Köder ab. Ich will ihm mal unser ganz spezielles Häppchen servieren.“ Alle warteten atemlos. „Fertig, George?“, fragte er, ohne über die Schulter zu blicken.

„Fertig!“, antwortete George ruhig und souverän.

„Na, dann los.“

Als Narbengesicht wieder erschien, um sich seine zweite Mahlzeit zu genehmigen, ließ Onkel Harry schnell und gewandt den präparierten Haken mit dem Köder hinunter. Aber Narbengesicht schnappte nicht nach ihm, sondern drehte ab und schwamm erneut im Kreis.

„Das ist ja zum Kotzen mit dem Vieh!“, schimpfte Onkel Harry. „Der ist wirklich mit allen Wassern gewaschen.“

„Sind die alten Tiere immer. Sie haben zu viel gelernt“, sagte George.

„Ich probiere es noch mal.“

Auch die nächsten fünf Versuche schlugen fehl. Onkel Harry war vor Zorn ganz rot im Gesicht. „Langsam glaube ich nicht mehr, dass der das Ding heute noch schluckt. Wahrscheinlich hat er bald die Schnauze voll und haut ab. Dann haben wir ihn vielleicht ein für alle Mal verloren.“

„Werfen Sie den Köder mal weiter raus“, riet George. „Und wedeln Sie ihm damit vor der Nase rum.“

Der Trick funktionierte. Als Narbengesicht zum sechsten Mal zurückkam, schien der Köder vor ihm zu flüchten wie ein lebender Fisch. Der Hai beschleunigte, öffnete seinen Rachen und schluckte ihn.

„Na endlich“, sagte Onkel Harry grimmig.

„Abwarten.“ George unternahm zunächst nichts. Er wartete geduldig, solange Narbengesicht langsam vorwärts schwamm. Dann, als der Hai vor dem Stahlhaken zurückweichen wollte, riss George an der Rute und verankerte den Haken fester.

„Er ist dran!“, jubelte Boxhead. „Sie haben ihn.“

„Noch nicht“, zischte George, „noch lange nicht.“

Narbengesicht schwamm schneller und schneller. Die Schnur wippte hin und her. Und obwohl George extra eine Tausend-Meter-Schnur von erstklassiger Qualität genommen hatte, dauerte es nicht lange, bis er Onkel Harry im Ruderhaus „Zurück! Rückwärts!“, zurief. Alles musste schnell und genau ausgeführt werden. Nur ein Fehler, ein geringfügiger Ruck oder ein kurzer Augenblick der Unkonzentriertheit, während sich die Schnur abspulte – und Narbengesicht würde die Schnur durchreißen und sich auf und davon machen.

George war jetzt bis aufs Äußerste konzentriert. Solange Narbengesicht sich mit hohem Tempo von der Seahorse wegbewegte, hatte man keine Chance, die Schnur einzuholen. Lane musste darauf vertrauen, dass Onkel Harry den Kutter in die richtige Position manövrierte. In diesem Moment war der Skipper genauso wichtig wie der Angler. Joe fragte sich, was wohl geschehen würde, wenn Narbengesicht nicht an einer Angelschnur, sondern an einem dicken Tau hängend vor ihnen herschwimmen würde – wahrscheinlich würde er sie durch den gesamten Ozean ziehen.

Plötzlich drehte sich George mit seinem Stuhl um und kurbelte verzweifelt an der Rolle. Gleichzeitig rief er: „Vorwärts! Vorwärts! Er schwimmt jetzt da lang!“

Narbengesicht war wirklich unheimlich schlau. Innerhalb von Sekunden war er unter dem Kutter durch- und steuerbord weitergeschwommen. Wenn George nicht so umsichtig und erfahren gewesen wäre, wäre die Schnur schon zerrissen. So aber sprang er aus seinem Stuhl, schwang die Angel weit übers Heck, um die Schnur unter dem Kutter hervorzubekommen, setzte sich wieder und zog die Gurte nach, bevor Joe überhaupt begriffen hatte, was geschehen war.

„Langsamer, etwas langsamer!“, rief George Onkel Harry zu. Er ahnte, was Narbengesicht als Nächstes vorhatte. „Er geht jetzt runter. Und dann kommt er wie eine Rakete wieder hoch."

Der Nervenkrieg ging weiter. George ging einfühlsam auf Narbengesicht ein. Mal zog er an der Schnur, mal ließ er ihr freien Lauf. Nach einer Weile stellte er die Schnur zum ersten Mal fest und presste seine Hand mit dem Handschuh gegen die Rolle, um die Bremskraft zu erhöhen. Narbengesichts Antwort folgte sofort und war mehr als imposant. Er kam mit ungeheurer Wucht nach oben und durchbrach die Wasseroberfläche wie ein gigantischer Schwertfisch. Einen Moment stand er in der Luft, dann fiel er zurück ins Meer. Das Wasser kochte, schäumte und spritzte hoch auf.

„Habt ihr das gesehen?", rief Meg. Sie konnte es nicht fassen.

„Wahnsinn, absoluter Wahnsinn!", staunte Boxhead.

Auch Onkel Harry stand da, als habe er einen Geist gesehen. „Das ist mir in dreißig Jahren noch nicht untergekommen."

„Mir auch nicht", keuchte George und zog kräftig an der Angel.

„Normalerweise machen Haie so was nicht, oder?"

„Der hier ist nicht normal."

Narbengesicht schwamm wieder aufs offene Meer hinaus und die Angelschnur, dünn wie ein Faden, wippte recht bedenklich.

„Rückwärts! Wieder rückwärts!", brüllte George. „Der muss wirklich einen Floh im Ohr haben."

Der Kampf nahm kein Ende. George verstärkte wieder

den Zug der Schnur, so kräftig er konnte, aber er musste aufpassen, dass er sie nicht überdehnte. Er wusste, wie schnell die Schnur reißen konnte.

Dicke Schweißtropfen liefen ihm über Stirn und Wangen. Alle paar Minuten bat er Meg oder Joe, ihm die Stirn abzuwischen, damit der Schweiß ihm nicht in die Augen lief. „Das brennt wie verrückt", sagte er, „muss das Salz sein. Ich wusste gar nicht, dass ich so salzig bin."

Bald waren Joe und Meg genauso in Georges Kampf verstrickt wie Onkel Harry und Boxhead. Sie mussten ihm assistieren, ihm einen neuen Handschuh, ein Taschentuch oder ein Stirnband reichen. Ab und zu brachten sie ihm ein Glas eiskaltes Wasser und hielten es ihm vor den Mund. Er schlürfte es gierig. Sie gingen schnell aus dem Weg, wenn Narbengesicht wieder mal die Richtung änderte oder völlig unberechenbar umherirrte. Joe war so nervös wie noch nie in seinem Leben. Das war mehr als Aufregung. Er war ein Teil der Mannschaft und alle zusammen machten sie Jagd auf einen der größten Haie der Welt.

Meg sah die ganze Sache etwas zwiespältig. Auf der einen Seite sah sie zwar ein, dass dieser Hai erlegt werden musste, andererseits empfand sie aber auch Mitleid mit dem Tier.

Um zwölf Uhr gewann George an Boden. Um halb eins hatte er die Schnur bis auf etwa einhundert Meter eingeholt, und um eins konnten sie die ersten Zentimeter der Stahlschnur sehen.

„Donnerwetter, Sie schaffen es!", rief Onkel Harry. „Ich glaube, Sie haben seinen Willen gebrochen."

Das war zu voreilig, denn plötzlich schwamm Narbengesicht wieder um sein Leben, und die Schnur spulte sich wieder rasend ab – einhundert Meter, einhundertfünfzig, zweihundert Meter.

„Das darf doch nicht wahr sein." Joe hörte sich an, als ob er gleich in Tränen ausbrechen würde. George schwieg. Sein Gesicht war undurchdringlich, als er erneut die Schnur aufspulte, Meter um Meter, Zentimeter um Zentimeter.

Zwanzig Minuten später hatte er den Rückschlag wieder aufgeholt. Das stählerne Ende der Schnur kam wieder in Sicht und bewegte sich Stück für Stück auf das Heck zu. Die Angelrute nickte wie zur Bestätigung.

„Alles klar da hinten?", fragte George, ohne eine Sekunde die Schnur aus den Augen zu lassen. „Wer holt die Stahlschnur ein?"

Onkel Harry sah Boxhead an. „Meinst du, du packst es?"

Boxhead zögerte. „Vielleicht sollten Sie lieber, Mr Blake. Sie haben mehr Erfahrung als ich."

Onkel Harry war im Handumdrehen bei ihm. „Einverstanden. Dann übernimm du das Ruderhaus."

Joe konnte nachfühlen, wie Boxhead wohl zu Mute sein musste. Aber es war besser, diese Arbeit einem erfahrenen Mann zu überlassen.

„Stell den Motor ab", rief Onkel Harry. „Lass die Seahorse treiben."

Er schaute Meg und Joe an. „Und ihr geht jetzt besser aus dem Weg. Das wird nicht ganz ungefährlich."

„Da kommt das Stahlstück", japste George. „Seien Sie

vorsichtig, Harry. Narbengesicht könnte uns was vormachen." George holte verbissen die Schnur ein. Er knirschte dabei mit den Zähnen. Die Stahlschnur kam langsam aus dem Wasser und wurde bis zur Rute hochgezogen. Onkel Harry lehnte sich weit über die Reling. Er war bereit.

„Sachte, ganz sachte", warnte George, der trotz seiner Erschöpfung immer noch auf der Hut war.

„Ein bisschen noch", rief Onkel Harry.

„Gut. Greifen Sie fest und gleichmäßig zu!"

Onkel Harry beugte sich noch weiter vor. Dann griff er mit einer schnellen Bewegung die Schnur und begann zu ziehen. Die überschüssige Schnur ließ er neben dem Kutter ins Wasser gleiten. Er griff immer wieder nach der Schnur und zog mit voller Kraft daran. Dann kam Narbengesicht am Heck an die Oberfläche. Er wälzte sich wie ein Krake herum, der gerade aus der Tiefe nach oben gekommen war.

Joe starrte den Hai ungläubig an. „Meine Güte", sagte er zu Meg. „Wenn ich mir vorstelle, dass wir mit dem zusammen am Pier herumgeschwommen sind." Diesen Tag würde Joe nie vergessen, an dem er um Haaresbreite gerettet worden war.

Onkel Harry war absolut konzentriert bei der Sache, als er Narbengesicht heranzog.

„Das ist ein Weltrekord, George", sagte er leise. „Der hat bestimmt seine zweitausend Kilo."

„Möglich", erwiderte George nur kurz.

„Er ist wirklich gigantisch. Sechs Meter lang und vier im Umfang, schätz ich."

Narbengesicht lag jetzt längsseits, teils über, teils unter

Wasser. Kleine Wellen gingen über ihn hinweg wie über einen halb aus dem Wasser ragenden Felsen.

„Gut so. Gib mir den großen Fischhaken“, sagte Onkel Harry zu Boxhead. „Aber langsam, ganz langsam!“

Boxhead wollte ihm den Haken gerade in die Hand drücken, als Meg aufschrie. „Achtung! Er rollt weg!“

„Verflucht noch mal!“

„Er taucht!“

Onkel Harry versuchte verzweifelt, ihn an der Schnur zu halten, aber es war hoffnungslos. Narbengesicht schwamm gleichzeitig vorwärts und in die Tiefe. Er war nicht zu halten. Er hatte Onkel Harry die Schnur entrissen. Sie war ihm durch die Hand gerast und hatte ihm die Haut aufgerissen. Die Wunde brannte höllisch.

„Lasst ihn, lasst ihn!“, rief George. „Ich hol ihn wieder zurück.“

Die Schnur spulte sich wieder ab und George schwenkte mit dem Stuhl herum, um sie in der richtigen Richtung zu haben. Onkel Harry machte abwechselnd eine Faust und öffnete sie wieder. Der Handteller blutete. „Das war knapp“, sagte er finster, „fast hatten wir ihn.“

George hievte die Schnur hoch und begann zu kurbeln. „Man hat ihn nie wirklich“, philosophierte er, „bis man ihn wirklich hat.“

Der Kampf ging wieder von vorn los. George sah zwar völlig geschafft aus, doch seine Aufmerksamkeit ließ nicht eine Sekunde nach. Sein Gesicht war rot und aufgedunsen, sein Hemd hätte man auswringen können, aber seine kräftigen Arme hielten die Angel genauso fest wie vorher, und seine rechte Hand kurbelte unerbittlich weiter. Eine halbe Stunde später lugte die Stahlschnur wieder aus dem Wasser und blinkte in der Sonne.

„Ich werde mich ein bisschen beeilen", sagte Onkel Harry, als er sich wieder in Position stellte. „Ich denke, beim ersten Mal war ich einfach zu langsam."

Aber er hatte dazu gar keine Gelegenheit. Sobald er die Schnur gepackt hatte, drosch Narbengesicht mit dem Schwanz auf das Wasser und schwamm mit aller Kraft wieder los. Gegen seine Kraft war nichts zu machen. Und wieder rutschte Onkel Harry die Schnur durch die Hand und riss sie erneut auf.

„Du Satansbraten!", brüllte er wütend. „Wann begreifst du endlich, dass du geschlagen bist?"

„Der ist noch nicht geschlagen, noch lange nicht", schnaufte George.

Joe schaute auf die Uhr. Es war zwei vorbei. Seit sechs Stunden kämpfte George jetzt mit dem Hai. Lange konnte es sicher nicht mehr dauern.

„Dritter Versuch", sagte Onkel Harry, als George wieder die Schnur einholte. „Wenn wir ihn diesmal nicht kriegen, sollten wir ihn sausen lassen."

„Das dürfen Sie nicht sagen", keuchte George, „nicht nach all dem Schweiß, den ich vergossen hab."

„Mussten Sie einen schon öfter als dreimal einholen?"

„Nein, aber ich hab es auch noch nie mit so einem zu tun gehabt."

Als die Stahlschnur zum dritten Mal sichtbar wurde, bemühte sich Onkel Harry, Narbengesicht möglichst schnell heranzuziehen. Aber das war ein Fehler. Er ruckte dabei zu stark an der Schnur und der Hai reagierte sofort. Er drehte sich und tauchte unter. Onkel Harry versuchte, die Schnur zu halten, um zu verhindern, dass er weiter wegschwamm, aber natürlich konnte er diesen riesigen Hai nicht an einer dünnen Schnur halten. Es bestand zwar keine Gefahr, dass die Stahlschnur reißen würde, aber Onkel Harry wäre fast über Bord gegangen, bevor er Narbengesicht endlich freigab. Seine Hand, durch die die Schnur gerutscht war, blutete und schmerzte heftig.

George holte das Tier zum vierten Mal ein. Er schnitt Onkel Harry Grimassen, als dieser sich bei ihm entschuldigte. „Vielleicht beim nächsten Mal", sagte er.

Aber es klappte auch diesmal nicht. Und auch nicht beim darauf folgenden Mal. Sechsmal zog George Narbengesicht an die Seahorse heran, sechsmal entwischte er, bevor er festgemacht werden konnte. Um drei Uhr stöhnte George, dass sein Rücken schmerze und sich seine Arme wie Kartoffelbrei anfühlten. Onkel Harrys Hand war so zerfetzt, dass er nicht noch einmal die Schnur heranziehen konnte.

Boxhead war unruhig. „Ihre Hand ist nicht mehr zu gebrauchen", sagte er. „Lassen Sie es mich mal versuchen!"

George sah Onkel Harry an und nickte. „Wird wohl besser sein. Sie sollten lieber etwas auf Ihre Hand tun und sie verbinden."

Also zog Boxhead, als Narbengesicht zum siebten Mal ans Boot kam. Er machte seine Sache gut. Er bewegte sich langsam vorwärts, immer den Hai im Auge, und wollte dann von Onkel Harry den Fischhaken haben. Er war so konzentriert, dass er nicht bemerkte, dass die Schnur, anstatt zwischen Hai und Kutter ins Wasser zu fallen, zum Teil auf dem Heck aufgekommen war, sich etwas unter die Plattform geschoben hatte und von ihm immer weiter auf das Deck gezogen wurde.

Sogar George übersah es. Er war so erschöpft, dass er kaum noch den Kopf heben konnte.

„Lass ihn kommen“, sagte Onkel Harry ruhig. „Du machst es sehr gut.“

Aber in dem Moment, als er den Fischhaken hob und einen Schritt vorwärts machte, rollte der Hai wieder zur Seite und tauchte zum siebten Mal unter.

„Lass ihn sausen!“, brüllte Onkel Harry. „Lass ihn los!“

Dann ging sein Brüllen in einen verzweifelten Angstschrei über. „Pass auf! Die Schnur! Die Schnur!“

Jetzt sahen Meg und Joe es auch, aber ihre Warnungen kamen zu spät. Als Narbengesicht ins Wasser eintauchte, schleuderte die Schnur herum, verfing sich an einem Pfosten und verhedderte sich an einer Ecke der Plattform. Es gab ein kurzes schleifendes Geräusch, dann splitterte Holz. Joe glaubte seinen Augen nicht zu trauen, als die Bolzen, die die Plattform hielten, wie Streichhölzer einknickten und aus ihrer Verankerung gerissen wurden. Im selben Augenblick knallte es laut wie von einem Schuss – die Schnur war gerissen. Neben der Seahorse wirbelte das Wasser auf und bildete einen Strudel. Danach herrschte gespenstische Ruhe. Narbengesicht war frei.

8

Alle waren am Boden zerstört, als sie abends nach Cockle Bay zurückfuhren. Und als ob sie nicht schon genug Probleme gehabt hätten, kam auch noch ein starker Sturm auf, der ihnen die Böen wie Peitschenhiebe ins Gesicht schlug.

Harrys Hand war notdürftig mit einem blutigen Verband umwickelt; der Onkel stand im Ruderhaus und starrte grimmig auf die Wellenberge. George saß kraftlos mit gekrümmtem Rücken am Heck und hatte die Arme auf die Knie gelegt. Joe und Meg hantierten lustlos und schweigend in der Kombüse. Boxhead rannte wie ein aufgescheuchtes Huhn herum, als wollte er sich selbst bestrafen.

„Verdammt!“, rief er wieder und wieder. „Es tut mir Leid, Mr Lane, es war alles meine Schuld.“

George winkte nur müde ab. „Halb so schlimm“, sagte er tonlos.

„Ich hab diese verfluchte Schnur nicht gesehen. Ich hab sie einfach nicht gesehen.“

„Ist einfach passiert, da kann man nichts machen.“

„Aber es war allein mein Fehler. Sie hätten ihn nicht verloren.“

„Wir hätten ihn auf hunderterlei Art verlieren können.“

„So habt ihr wenigstens was zu erzählen“, rief Onkel Harry ihnen zu. „Fast acht Stunden Kampf und siebenmal war der Bursche am Boot. So was kann nicht jeder zum Besten geben.“

„Besser als gar nichts“, lächelte George matt.

„Wenn ich nicht gewesen wäre“, machte sich Boxhead weiter Vorwürfe, „dann hätten wir ihn jetzt am Galgen.“

„Der würde ihn nicht halten können und die Waage wäre unter seiner Last zusammengebrochen“, sagte George sarkastisch.

„Sie haben knapp einen neuen Weltrekord verpasst“, warf Onkel Harry ein, „der wäre nie und nimmer geschlagen worden.“ Er sah George an. „Enttäuscht?“

„Ja, schon. Wie jeder, der gern Rekorde aufstellt.“

Meg und Joe schleppten große Tassen mit heißem Kaffee an Deck. Meg reichte George eine davon und fragte: „Werden Sie es noch mal versuchen, Mr Lane?“

„Heute bestimmt nicht.“ George lächelte zum ersten Mal befreit, seitdem Narbengesicht entkommen war.

„Aber bald?“

„Möglich, wenn er sich weiter hier herumtreibt. Das muss ich mit deinem Vater besprechen.“

Als sie sich durch die Fahrrinne dem kleinen Hafen näherten, stand Joe gedankenverloren an der Reling und ließ lange seinen Blick über das Hochland, die Sandhügel und die Häuser der kleinen Stadt schweifen. Nach und nach fühlte er sich hier heimisch. Er atmete tief durch und plötzlich wurden ihm die verschiedenen Gerüche bewusst, die er aus Melbourne nicht kannte – das salzige Meer, der feuchte Duft des Tangs und der erdige Geruch der Küste. Die Gischt spritzte nun nicht mehr über den Bug, aber das Heck war noch nass und Taue und Handläufe tropften. Morgen würde die Sonne alles trocknen und hier und da kleine, glitzernde Salzkristalle hinterlassen, die wie stecknadelkopfgroße funkelnde Diamanten aussahen. Morgen? Morgen wird ihr Kampf mit Narbengesicht bereits Geschichte sein. Morgen fing die Schule wieder an. Ab morgen müsste er wieder nach vorn schauen anstatt zurückzublicken.

„Na, Joe, was spukt dir so im Kopf herum?“, fragte George. „Träumst du von einem schönen, warmen Bett?“

Joe drehte sich um. „Nein, ich hab über Cockle Bay nachgedacht – und was hier wohl noch so alles passiert“, lächelte er.

In den folgenden Tagen schienen alle ratlos, was als Nächstes zu geschehen hätte. Die Stadtbewohner konnten sich an Georges Bericht nicht satt hören und waren gleichzeitig über den Misserfolg enttäuscht. Boxhead lief mit gesenktem Kopf durch die Gegend. Er wich den neugierigen Fragen aus und Onkel Harry wurde der Leute bald überdrüssig, die ihm die Hand schütteln wollten. Der glücklichste Einwohner von Cockle Bay war Mop – er begrüßte Joe mit einem wilden Freudentanz, der überhaupt kein Ende nehmen wollte.

Meg und Joe waren natürlich die Stars der Schule und mussten ihre Geschichte immer wieder erzählen. Der Rektor lud sie ein, ihre Erlebnisse vor allen Schülern zu schildern. Megs Klassenkamerad Nicky himmelte sie an und konnte die Augen nicht von ihr lassen. Er war felsenfest davon überzeugt, dass sie die allerschönste Heldin auf der ganzen weiten Welt war. Joe und Meg kamen überein, dass sie unbedingt noch einmal mit der Seahorse in See stechen müssten, um ihren guten Ruf zu wahren.

In der Zwischenzeit hatten dringende Geschäfte George nach Adelaide zurückgerufen. Aber er brannte darauf, für den letzten großen Kampf mit Narbengesicht bald wieder nach Cockle Bay zu kommen – soweit dieser sich nicht entschlossen hatte, für immer zu verschwinden.

Vor Georges Abreise hatte Onkel Harry noch lange mit ihm, Stewy Sampson und ein paar anderen Fischern gesprochen. Danach führte er ein allerdings sehr kurzes Gespräch mit Mr Harding, der wieder einmal aus Port Lincoln gekommen war, um Onkel Harry wegen der Schulden zuzusetzen. Diesmal war er noch unangenehmer als beim vorigen Mal. Wenn bis Mitte Mai nicht dreitausend Dollar bezahlt seien, drohte er, dann würde er alle Hebel in Bewegung setzen, um Onkel Harrys Besitz pfänden zu lassen.

Das sei sein letztes Wort, und es würde vorher keine Warnungen mehr geben.

Tante Ellen war völlig außer Fassung. Als Joe am nächsten Tag unvermutet in die Küche kam, stand sie mit roten Augen am Herd. Obwohl sie versuchte, es vor ihm zu verbergen, wusste Joe, dass sie geweint hatte. Das bestürzte ihn, genauso wie Meg, die kurz darauf zu ihnen stieß. Sogar Maureen merkte, dass etwas nicht stimmte.

Und selbst der Himmel wurde düster und brach in Tränen aus. Schwere Wolkenbänke zogen vom Meer heran, lauerten bedrohlich über der Küste und tauchten die Stadt in Dunkelheit. Zwei volle Tage regnete es unaufhörlich, sodass sogar Charlie Chops vor seinem Laden mit dem Lieferwagen im Schlamm stecken blieb. Nur die Farmer freuten sich, weil die lange Trockenheit endlich vorbei war und sie Aussichten auf gute Ernten hatten, und damit Aussichten auf eine bessere Zukunft.

Aber der Regen hatte auch sein Gutes für Onkel Harry. Die Preise für Schafe kletterten nämlich in kürzester Zeit in die Höhe. Die Farmer wollten ihre Herden vergrößern und nahmen dafür sogar Kredite bei den Banken auf. Plötzlich herrschte ein enormer Mangel an Schafen.

Eine Woche später hörte Joe, wie Onkel Harry eines Nachts zu Tante Ellen sagte: „Herbie Driver will unsere Schafe kaufen! Er weiß, dass wir Geld brauchen."

„Schlechte Nachrichten verbreiten sich immer am schnellsten", erwiderte Tante Ellen bitter.

„Sie wollen alle ihre Herden aufstocken."

„Was hast du ihm geantwortet?"

„Ich hab gesagt, dass wir darüber nachdenken werden."

Joe zog sich die Bettdecke über die Ohren. Wieder hatte er eine Unterhaltung der Erwachsenen mitgehört, und wieder bekam er ein schlechtes Gewissen.

„Ich denke, wir sollten ihm hundert Mutterschafe geben, wenn er bereit ist, dreißig Dollar pro Stück zu zahlen. Das wäre die Summe, um Harding ruhig zu stellen."

„Dreitausend?"

„Genau. Und der Rest der Schafe würde auf der Insel

bleiben. Wenn sie gut lammen, haben wir die Herde bald wieder aufgestockt.“

„Mach, wie du denkst, Harry.“

„Um Zeit zu sparen, könnten wir den Leichter schon mal nächstes Wochenende rüberbringen und dort lassen. Und dann, wenn die nächsten Ferien beginnen, könnten Meg und Joe mit hinüberfahren und mir zur Hand gehen. Die beiden sind jetzt schon richtige alte Seebären, weißt du? Es würde nicht länger dauern als zwei Tage.“

Joe hielt den Atem an, um jedes Wort mitzubekommen. Das war zu schön, um wahr zu sein. Er konnte es kaum erwarten, wieder zur Insel zu fahren.

„Kriegst du das Geld denn rechtzeitig, um Mr Harding auszuzahlen?“, fragte Tante Ellen zweifelnd.

„Ja. Herbie hat gesagt, dass er bar bezahlen will. Also würde es klappen. Wenn wir an dem Montag, an dem die Ferien beginnen, nach Wayward fahren, könnten wir am Mittwoch mit den Schafen zurück sein und Hardings Frist geht bis Freitag.“

„Aber was, wenn du aufgehalten wirst?“

„Es wird schon klappen. Mach dir mal keine Sorgen.“

Zum Glück brauchte Joe sein Geheimnis diesmal nicht lange zu bewahren, denn Onkel Harry eröffnete ihm und Meg den Plan gleich am nächsten Tag. Sie stieß einen Freudenschrei aus. „Aber denkt dran“, mahnte ihr Vater, „wir müssen uns ganz schön ranhalten, denn wir haben keine weitere Hilfe. Herks Knöchel ist noch nicht wieder in Ordnung und Boxhead muss seinem Vater auf der Petrel helfen. Es gibt sonst niemanden, den ich fragen könnte."

„Das machen wir schon", versicherte Joe unbekümmert.

Sein Onkel sah ihn zweifelnd an. „Das wird kein Picknick, Joe. Wenn wir die Schafe ausgesucht haben, die wir mitnehmen wollen, müssen wir sie zum Verladeplatz treiben und dann noch auf den Leichter kriegen. Das ist Knochenarbeit."

„Wir nehmen Mop mit", schlug Joe vor. „Er wäre doch eine tolle Hilfe."

„Hilfe?" Onkel Harry zog eine Augenbraue hoch. „Eher ein Hindernis. Der ist genauso blöd wie die Schafe."

„Ist er nicht", gab Joe gekränkt zurück. „Er kann das sehr gut. Ehrlich. Du wirst schon sehen."

Am Samstag darauf schleppten sie den Leichter zur Insel und vertäuten ihn sicher in der kleinen Bucht. Bevor sie sich auf den Heimweg machten, trafen sie noch einige Vorbereitungen für ihren nächsten Besuch: Sie zählten die Schafe, überprüften die Zäune und besserten das Laufgatter aus, durch das die Tiere getrieben werden sollten.

Auch zu Hause war mehr als genug zu tun. Onkel Harry hatte in der Werkstatt einiges aufzuarbeiten, sodass Otto Minz und Tante Ellen die Tankstelle allein führen mussten. Herbie Driver hatte versprochen, sich mit seinem Lastwagen bereitzuhalten, um die Schafe von der Seahorse zu übernehmen und um sie gleich weiterbefördern zu können. Auch Meg und Joe mussten sich um allerlei kümmern. Sie stellten Proviant für vier oder fünf Tage zusammen, falls ihre Rückfahrt sich verzögern sollte, sie organisierten Tee, Kaffee, Zucker und Decken sowie Kerosin für die Lampen, Benzin für den Motor, Taue, Seile, Werkzeug, warme Kleidung und sogar etwas Brennholz.

In den Tagen vor der Abreise wurde Onkel Harry zunehmend unruhiger, weil er die Fahrt nur mit Meg und Joe machen sollte. Er hätte gern wenigstens eine zweite kräftige Person dabeigehabt, aber es war unmöglich gewesen, jemanden zu finden, der über mehrere Tage abkömmlich war. Doch dann erhielt er am letzten Schultag einen Anruf aus Adelaide. George Lane teilte ihm mit, dass er für zehn Tage nach Cockle Bay kommen wolle, um den letzten Kampf mit Narbengesicht auszufechten, wenn ein Boot bereitstünde.

Onkel Harry erklärte ihm kurz die Situation. Darauf machte George ihm ein Angebot: Er wollte beim Verladen der Schafe helfen, wenn er anschließend dafür fünf, sechs Tage mit der Seahorse auf Jagd gehen könnte. Onkel Harry stimmte sofort begeistert zu, ja, er erklärte sich sogar damit einverstanden, dass George schon auf der Fahrt zur Insel Ausschau nach Haien halten wollte.

In aller Eile wurden daraufhin noch ein paar riesige Tunfische als Köder aus Mick Mareolas' Gefrierkammer und all die Geräte, die George brauchen würde, der Ladung hinzugefügt. Er traf Sonntagmorgen mit seiner kleinen Privatmaschine ein. Diesmal, prophezeite er, würde etwas ganz Außergewöhnliches und Aufregendes passieren. Das spüre er deutlich in den Knochen.

Joe, der am Montag, noch vor Tagesanbruch, half, die

Tunfische an Bord zu hieven, unterbrach plötzlich seine Tätigkeit und runzelte die Stirn. „Das ist eine vertrackte Sache mit diesen Ködern hier“, sagte er. „Warum gehen wir nicht einfach zu Charlie und holen ein nettes, kleines Schaf oder einen halben Ochsen?“

George bekam fast einen Anfall, als er das hörte. „Das sind Säugetiere!“, rief er. „Wir dürfen keine Säugetiere verwenden.“

„Warum nicht?“

„Es ist verboten. Ich würde im Knast landen, wenn ich das täte.“

„Nicht mal alte Kühe oder Schafe oder tote Pferde?“

„Auch nicht. Keine Landsäugetiere, keine Robben, keine Delfine.“

„Aber das sind doch Fische.“

„Delfine?“ George lachte laut auf. „Das sind Säugetiere, mein Junge. Du bekommst die größten Probleme, wenn du nur einen anrührst.“

Joe schüttelte erstaunt den Kopf. „Man lernt nie aus.“

Meg grinste ihn breit an. „Solltest du auch nicht. Es wäre ja sonst nicht mit dir auszuhalten.“

Onkel Harry war damit beschäftigt, die Benzinfässer an Bord zu schaffen.

„Nehmen wir das Dingi mit, Dad?“, erkundigte sich Meg. Das Dingi war ein kleines Ruderboot, nicht größer als eine Nussschale. Sie nahmen es gewöhnlich ins Schlepptau oder machten es am Heck fest.

„Nein, weil wir auf dem Rückweg den Leichter hinten dran haben. Wenn was passiert, müssen wir das Floß nehmen.“ Das „Floß“, ein Schlauchboot, das sich selbsttätig in Sekundenschnelle aufbläst, hatte Onkel Harry einmal bei einem Verkauf ausgemusterter Air-Force-Geräte erstanden. Es war in einem Kasten am Ruderhaus verstaut. Bislang hatte er es noch nie einsetzen müssen.

Zum Schluss holte Joe Mop. Er band ihn am Handlauf des Piergeländers fest. Aber Mop war derart aufgeregt, dass Joe befürchtete, er würde jeden Moment an Bord springen und sich mit der Leine erwürgen.

„Jetzt“, sagte Joe zu ihm, als er ihn losband, „tu mir den Gefallen und sei ein braver Junge. Steh nicht immer im Weg herum, klau kein Fleisch und geh vor allem nicht über Bord, ja?“

Es dämmerte schon etwas am Horizont, als sie die Leinen losmachten. Sie winkten Tante Ellen und Maureen, als der Kutter sich langsam vom Pier wegbewegte.

„Spätestens Donnerstag sind wir wieder da!“, rief Onkel Harry. „Ich sag Andy Jones Bescheid, bevor wir ablegen.“

„Viel Glück!“ Tante Ellen musste schon schreien, um verstanden zu werden.

Sie konnte es nicht wissen, aber auf dieser Fahrt sollten sie nicht allzu viel Glück haben.

9

Onkel Harry nahm nicht den direkten Kurs nach Wayward Island, sondern fuhr einen großen Bogen Richtung Westen, sodass die Seahorse das Riff von Herringbone passierte.

„Man kann nie wissen“, sagte er zu George, „vielleicht treibt Narbengesicht sich hier herum.“

„Ich hoffe es“, lächelte George.

Als sie sich dem Riff näherten, brachte er die Köder an und lehnte sich weit über das Heck, um den Walfischtran-Tropfer in Gang zu setzen. Meg und Joe schauten der öligen Spur nach, die im Kielwasser trieb. Mop sprang in heller Aufregung herum. Joe musste kräftig an der Leine ziehen, damit der Hund nicht über Bord ging.

Onkel Harry hielt die Seahorse einige Kilometer auf einem Ost-West-Kurs, kreuzte dann die ausgelegte Transpur einige Male im rechten Winkel und fuhr zum Schluss noch einen großen Kreis. Aber kein Hai ließ sich blicken.

„Sieht ganz so aus, als hätte er sich nach Westaustralien abgesetzt und all seine Kumpanen mitgenommen“, bemerkte George.

„Aber nur, weil Sie ihm beim letzten Mal so große Kopfschmerzen bereitet haben“, antwortete Onkel Harry. „Er hat die Schnauze voll von Ihnen.“ Er warf einen Blick auf die Uhr und schaute dann blinzelnd über das Meer, das grell in der Morgensonne schimmerte. „Der Tag ist noch jung, es ist erst acht. Wir können also noch ein paar Stunden suchen, wenn Sie möchten."

„Das schon, aber Sie wollen doch zu Ihren Schafen."

„Das hat keine Eile. Es ist nicht schlimm, wenn wir die Insel erst am späten Nachmittag erreichen."

Ein paar Fischkutter, die zu ihren Fanggebieten unterwegs waren, kreuzten ihren Weg. Am Horizont sah man bereits einen voll beladen nach Cockle Bay zurückfahren. Sie hielten alle reichlich Abstand zur Seahorse, da die Skipper vermeiden wollten, ihr womöglich im kritischen Moment beim Kampf mit dem Hai zu nahe zu kommen.

Nach einer Weile nahm Onkel Harry Kurs auf die Insel. „Versuchen wir es mal weiter draußen", schlug er vor, „vielleicht sind sie im tieferen Wasser."

Sie schipperten noch eine weitere Stunde ohne Erfolg herum. Dann steuerte Onkel Harry einen wilden Zickzackkurs, als würde die Seahorse gefährlichen Hindernissen ausweichen. Wieder Fehlanzeige! George füllte den Tropfer nach und Onkel Harry blickte seufzend auf die Benzinuhr. Er hatte den Haupttank in Cockle Bay noch nachfüllen wollen, aber da war in letzter Minute so viel anderes zu tun gewesen, dass er nicht mehr dazu gekommen war. Außerdem hatte er gedacht, dass das Benzin für eine direkte Überfahrt zur Insel reichen würde, weil er nicht mit so einer langen, ergebnislosen Haisuche rechnen konnte. Sie hatten zwar genug Benzin an Bord, aber es war eine unangenehme Sache, auf hoher See den Tank füllen zu müssen, besonders wenn das Meer aufgewühlt war.

Meg und Joe, die sich in der Kombüse zu schaffen gemacht hatten, brachten das Frühstück an Deck. Sie servierten Brötchen und heißen Kaffee und baten alle zum Essen ins Ruderhaus. Onkel Harry hielt mit der einen Hand das Steuer und in der anderen seine Kaffeetasse.

„Ich hab das Gefühl, Sie haben Ihre Arbeit schon getan, Mr Lane“, sagte Joe. „Sie haben alle Haie vertrieben.“

„Glaube ich auch“, pflichtete Meg bei. „Warum sollten Haie keine Angst haben? Das wär doch nur natürlich.“

George blies in seinen Kaffee. „Ich denke auch, wir sollten uns jetzt zur Insel aufmachen, Harry. Versuchen wir es ein andermal wieder.“ Er war völlig entspannt, hatte seine Angelgeräte beiseite gelegt und schien sich mit einem wenig Aufregung versprechenden Besuch auf Wayward Island abgefunden zu haben.

„Wenn *du* schon keinen sichtest, Meg“, brummte ihr Vater „dann schafft es keiner. Du hast die besten Augen von uns allen.“

Eine weitere halbe Stunde verging. Da sonst nichts zu tun war, mussten sich Joe und Meg mit dem Abwasch vergnügen. Dann spielten sie ein bisschen mit Mop und warteten. Plötzlich, aus heiterem Himmel und wie um ihren Vater zu bestätigen, deutete Meg in die Ferne. „Seht doch! Da!“, rief sie.

„Wo denn?“

„Da, da – steuerbord!“

Im selben Augenblick sah auch Joe einen Schatten, der sich dicht unter der Wasseroberfläche bewegte.

„Ein Riesenvieh“, fügte Meg hinzu.

„Ja, ich sehe ihn“, bestätigte ihr Vater. „Du hast Recht. Es ist ein dicker Brocken.“ Er drosselte den Motor, sodass die Seahorse ihre Nase gerade noch in der Dünung hielt.

„Narbengesicht?“, wollte Joe wissen. Ihm zitterten die Knie. „Ist er es?“

George ließ die Köder ein wenig herunter und spähte aufmerksam ins Wasser. „Kann ich noch nicht genau sagen.“

„Er muss es sein“, stellte Onkel Harry fest, „so gerissen und misstrauisch ist nur einer.“

„Auf alle Fälle ist es ein prachtvoller Bursche“, antwortete George. „Er ist einen Versuch wert.“

Sofort brach hektische Aktivität auf der Seahorse aus. „Meg, komm, übernimm das Steuer“, rief Onkel Harry, „und du, Joe, bring noch ein paar Köder. Mach schnell!“

Fast gleichzeitig wurden die Luke zurückgeklappt, der Stuhl befestigt und die Köder noch weiter heruntergelassen. George schnallte sich sein Geschirr um und rief nach der Angel. Onkel Harry, der aus dem Ruderhaus sprang und Joe, der mit den Ködern an Deck stürmte, stießen heftig mit Mop zusammen. „Verflixt und zugenäht!“, schimpfte Onkel Harry. „Bringe diesen Köter nach unten und binde ihn an! Er wird noch unser Tod sein.“

Schweren Herzens zerrte Joe Mop unter Deck. „Keine Sorge, Mop“, tröstete er ihn, „ist nur für ein, zwei Stunden, solange wir den Hai jagen.“

An Bord herrschte jetzt große Spannung. Bislang hatte noch keiner das Gesicht des Hais gesehen. George war mit seinen Vorbereitungen fertig und Onkel Harry versuchte hektisch, den Köder am Bootshaken zu befestigen. Die Seahorse wogte sachte in der Dünung und Onkel Harry rief Meg zu, den Motor langsam wieder hochzufahren. Der Kutter erbebte unter dem plötzlichen Kraftstoß. „Doch nicht so heftig!“, schimpfte er. „Nicht so heftig!“

Urplötzlich erschien der Hai achtern, schoss wie ein Blitz heran und packte eine Ecke des Hecks mit seinem Furcht erregenden Schlund. Holz splitterte, als habe er ein großes Stück herausgerissen. Und nun sahen sie es auch alle ganz deutlich: Wie ein Kreidestrich zog sich die Narbe über seinen Kopf.

George starrte ungläubig zum Heck. „Großer Gott!“, schrie Onkel Harry und prallte zurück. „Habt ihr das gesehen? Er hat unser Boot angegriffen! Mit voller Absicht!“

„Gehört hab ich so was ja schon“, antwortete George, „aber gesehen hab ich das heute zum ersten Mal.“

„Ich könnte schwören, dass er uns wieder erkannt hat“, sagte Onkel Harry aufgeregt. „Er will Rache. Wie Moby Dick. Zum Glück ist die Seahorse stabil wie eine alte Eiche. Wenn wir jetzt in so einer leichten Nussschale sitzen würden – na, danke!“

„Da ist er wieder!“, rief George. „Den Köder, schnell!“

Onkel Harry warf ein großes Stück Tunfisch über Bord und versuchte, den Schatten im Wasser zu erkennen, um den Köder vor dem Hai zu platzieren, der sich zunächst überhaupt nicht um den Köder kümmerte. Plötzlich griff Narbengesicht den Kutter wieder an und knickte den „Galgen“, an dem die Köder hingen, mit einem Mal um, als wäre er aus Pappe.

„Vorsicht!“, gellte Onkel Harrys Stimme. „Der hat den Teufel im Leib! Das Vieh ist wohl verrückt geworden! Der reißt uns in tausend Stücke!“

„Keine Panik“, beruhigte George. „Er kommt gleich wieder. Werfen Sie den Köder früher raus. Und so weit wie möglich.“ Als der Hai zum dritten Mal angeschossen kam, machte es Onkel Harry so, wie George gesagt hatte. Im ersten Moment sah es so aus, als würde Narbengesicht abdrehen und wieder den Kutter angreifen, aber dann raste er auf den Köder zu und verschlang ihn.

„Geschafft!“, rief Onkel Harry so triumphierend, dass man denken konnte, der Kampf sei schon vorüber. Aber er hatte gerade erst begonnen.

Narbengesicht schwamm wie eine Rakete los und die Schnur spulte sich wieder rasend schnell ab. George versuchte, seine Position im Stuhl zu halten, während er verbissen die Angel mit beiden Händen festhielt. Einer der Gurte seines Geschirrs war verrutscht und schnitt ihm tief ins Fleisch. Alles war so schnell gegangen, dass sie nun einen Moment brauchten, um wieder zur Besinnung zu kommen.

Onkel Harry zog einen dicken Lederhandschuh über seine rechte Hand. Er wollte sich nicht noch mehr Risswunden beibringen, denn die von seiner ersten Begegnung mit Narbengesicht waren gerade halbwegs verheilt. Er beobachtete die Situation einen Moment und ging dann ins Ruderhaus, um Meg zu unterstützen.

„Mach alles klar für den Rückwärtsgang“, sagte er zu ihr. „George kann nicht noch mehr Schnur vergeuden.“

Meg nickte nervös.

„Lass George nicht aus den Augen."

„Ja, Dad."

„Und achte auf die Geschwindigkeit. Gib ein bisschen Gas oder nimm etwas weg, vorwärts oder rückwärts – meinst du, du schaffst das?"

„Ich glaube schon, Dad."

„Wenn du Hilfe brauchst, schrei wie am Spieß! Ich bin dann sofort da."

„Danke, Dad."

Onkel Harry blieb noch eine Weile bei ihr, gab ihr ein paar Ratschläge und führte ihr ein-, zweimal die Hand, bis er sicher war, dass sie es allein konnte. Dann ging er wieder zu George.

Narbengesicht gab etwas Schnur frei und George holte sie vorsichtig ein. Joe kam alles wie eine Wiederholung dessen vor, was er bei der letzten Jagd schon einmal gesehen hatte – das durchgeschwitzte Hemd, das Taschentuch, mit dem er George die Stirn abwischen musste …

George konzentrierte sich voll und ganz auf die Tricks von Narbengesicht und das langsame Zurückspulen der Schnur, das zermürbende Ziehen an der Angel, sie dann plötzlich eintauchen zu lassen und wieder aufzuspulen, wenn die Schnur etwas durchhing. Wieder hatte er mühsam ein paar Zentimeter gewonnen. Ziehen – eintauchen – aufspulen – ziehen – eintauchen – aufspulen – ziehen – eintauchen – aufspulen.

„Diesmal haben Sie ihn", rief Onkel Harry ihm aufmunternd zu.

George versuchte krampfhaft zu lächeln.

„Wenn es so weit ist“, sagte Onkel Harry zu Joe, „greif ich mir die Schnur und du musst dann bereit sein mit den Fischhaken. Gib sie mir, wenn wir ihn ganz herausgezogen haben.“

„Wird gemacht.“

„Du solltest die Haken schon mal holen.“

„Ich werde mal mehr Druck geben, dann muss er sich ein bisschen mehr anstrengen“, hörte Joe George sagen, als er sich bückte, um die größten Fischhaken herauszusuchen. Gleich darauf vernahm er einen gequälten Schrei, dann einen dumpfen Schlag und einen gewaltigen Aufklatscher im Wasser. Einen Moment herrschte absolute Ruhe, dann brüllte sein Onkel: „George! George!“

Joe schaute sofort nach oben. Zuerst verstand er nicht, was passiert war. Der Lukendeckel war leer, Onkel Harry rannte zum Heck, zog seine schwere Jacke aus und rief Meg zu: „Maschine aus! Stell den Motor ab!“ Dann sprang er kopfüber ins Wasser.

Joe war völlig durcheinander. Er rannte zu Meg ins Ruderhaus. „Was ist los? Was ist denn passiert?“

Meg umklammerte das Steuer und stand mit weit aufgerissenen Augen da. „Mein Gott!“, war alles, was sie herausbrachte.

„Sag doch endlich, was los ist!“

„Narbengesicht hat George über Bord gezogen. Dad ist ihm hinterher.“

„Narbengesicht hat was gemacht?“ Joe traute seinen Ohren nicht. „George über Bord gezogen?“

Meg zeigte auf den Lukendeckel, der in seiner normalen,

ursprünglichen Position lag. „Wir haben die Bolzen vergessen."

„Ach du Scheiße!" Plötzlich sah Joe alles deutlich vor sich. In all der Eile und Aufregung, nachdem sie Narbengesicht gesehen hatten, hatte niemand daran gedacht, den Lukendeckel zu sichern, als er für den Stuhl umgeklappt worden war. So konnte er wie eine Tür frei schwingen – und genau das war jetzt passiert. Als George den Druck auf die Schnur verstärkt hatte, sodass der Zug des Hais das Eigengewicht des Deckels überschritt, war dieser wie ein Katapult in die Höhe geschossen und hatte George ins Meer geschleudert. Und da, an den Hai gekettet, würde er so lange von ihm unter Wasser gedrückt, bis er ertrunken war.

Joe hetzte zum Heck und starrte in das aufgewühlte Wasser. „George ist noch festgeschnallt. Wenn er sich nicht befreien kann, wird er sterben."

„Dad wird ihn losmachen."

„Wenn er ihn findet."

Joe hielt den Atem an und deutete auf eine Stelle im Wasser. „Da, guck mal da!"

Meg wurde kreideweiß. „Oh, nein!"

Zehn oder zwanzig Meter hinter dem Kutter wurde ein roter Fleck sichtbar, der immer größer wurde. „Blut. Das ist Blut, Joe!"

„Das darf nicht wahr sein", flüsterte Joe. „Meg, bitte, sag, dass der verdammte Hai sie nicht gekriegt hat!"

Unterdessen kämpfte George um sein Leben. Er konnte sich nicht erinnern, was passiert war. Ihm war, als sei er von mächtiger Hand gegriffen und ins Meer gezogen worden.

Der Schlag gegen den Kopf hatte ihn fast betäubt und er hatte das Gefühl, als sei ihm der linke Arm abgerissen worden. Er wusste nicht, ob er auf die Plattform aufgeschlagen war, ein Nagel seinen Arm aufgerissen hatte oder er gegen die Schiffsschraube geknallt war.

Aber er war bei Bewusstsein und er wusste, dass er in tieferes Wasser gezogen würde, wenn die Schnur sich weiter abspulte. Wenn sie am Ende angekommen war, würde er von Narbengesicht einfach weitergezogen. Er hatte nur sehr wenig Zeit, um sich zu befreien. Jetzt bloß nicht ohnmächtig werden! Er verlor Blut, es rann ihm aus der Nase und strömte aus der tiefen Wunde am Arm. Er versuchte sich zu beruhigen. „Nicht durchdrehen, George“, redete er sich zu, „du musst jetzt einen kühlen Kopf bewahren.“ Er tastete nach den Gurten und schaffte es mühsam, sie zu öffnen. Dann löste er mit letzter Kraft die Angel von seinem Körper. Er war sich darüber im Klaren, dass er mehrere tausend Dollar im Meer ließ, aber das war im Moment nicht wichtig. Als er sich befreit hatte, schwamm er, so schnell er konnte, an die Oberfläche.

Onkel Harry fand ihn bei seiner ersten Suche nicht. Er tauchte prustend auf, schaute sich nach George um und dann zu Meg und Joe, die am Heck standen und schrien und wild gestikulierten. Er verstand nicht, was sie meinten, und er hatte jetzt auch keine Zeit, es herauszufinden. Er atmete tief ein und tauchte wieder unter.

„Das Blut lockt die Haie erst richtig an“, sagte Joe voller Angst. „Die werden doch verrückt, wenn sie es nur riechen.“

„Bete zu Gott, dass keine da sind."

„Narbengesicht ist hier."

„Ich schätze, der macht sich gerade aus dem Staub. Der schwimmt raus aufs offene Meer."

„Und George immer im Schlepptau."

Sie schwiegen und spähten angestrengt ins Wasser. „Hoffentlich macht Dad schnell", sagte Meg. „Er hat nicht viel Zeit. Weiß der Kuckuck, was George noch retten kann, wenn Dad ihn nicht findet."

Wie zur Antwort auf Megs Stoßseufzer tauchten zwei Köpfe direkt vor ihnen aus dem Wasser auf. Onkel Harry hielt George krampfhaft fest.

„Ein Tau!", schrie er. „George ist verletzt."

„Das wollten wir dir doch sagen", rief Meg zurück. „Hier ist überall Blut!"

Ihr Vater schaute sich besorgt um. „Macht schnell! Wir schwimmen mittendrin."

Er fing das Tau, zog es unter Georges Achselhöhlen durch und verknotete es. „Beeilung!", rief er. „Zieht!"

Es war ganz und gar nicht einfach. Nach kräftigem Ziehen, nachhaltigem Schieben von Onkel Harry und ein bisschen Unterstützung durch George selbst, hatten sie es endlich geschafft, ihn an Bord zu zerren. Er zuckte bei jeder Berührung seines verletzten Arms zusammen und presste seine rechte Hand auf die Wunde, um die Blutung zu stillen. Dann hievte sich Onkel Harry an Bord und blieb erschöpft, schwer atmend und mit schmerzverzerrtem Gesicht auf dem Heck liegen, während das Wasser nur so an ihm herunterströmte.

George lächelte gequält. „Danke“, sagte er. „Das war das erste Mal, dass ich selbst Köder gespielt hab.“

„Kein berauschendes Gefühl“, antwortete Onkel Harry, der versuchte, auf die Beine zu kommen.

„Nicht eine Sekunde zu früh“, sagte Joe. „Seht mal da!“ Er wies auf die Blutlache, um die herum bereits zwei große Haie kreisten. Sie schienen im Wasser herumzuschnüffeln wie Spürhunde, die eine Fährte aufgenommen haben. „Sie haben es schon gewittert.“

„Ich bin froh, dass wir nicht ihre Zwischenmahlzeit waren“, sagte George.

Meg starrte die Haie an. „Stell dir mal vor, einer von denen hat dich in der Mangel.“ Sie schüttelte sich vor purem Entsetzen.

Onkel Harry drehte sich zu George um, der schlapp auf dem Deck saß. „Schnell einen Verband für die Wunde, und dann ab nach Hause. Das muss genäht werden.“

„Dazu haben wir keine Zeit“, antwortete George. „Sie sollten direkt Kurs auf die Insel nehmen.“

„Unsinn“, erwiderte Onkel Harry streng. „Holt den Erste-Hilfe-Kasten“, sagte er zu Joe und Meg. „Und du, Meg, reiß einen deiner Kopfkissenbezüge in Streifen. Wir müssen die Blutung stoppen.“ Als die beiden unter Deck waren, hörten sie bereits den Motor laufen. Der Bug hob sich und die Seahorse fuhr mit voller Kraft.

Sie mussten dann aber doch nicht ganz bis nach Cockle Bay zurückfahren. Eine halbe Stunde später kreuzte Mick Mareolas mit seinem neuen Kutter, der Athena, ihren Kurs. Er war auf dem Nachhauseweg. „Ich kann ja mit ihm fahren", schlug George vor. „Das erspart Ihnen einen überflüssigen Weg."

„Sind Sie sicher?", fragte Onkel Harry.

„Vollkommen."

Über Funk riefen sie die Athena und erzählten kurz von dem Unfall. Mick brachte seinen Kutter längs an die Seahorse heran. Es war kein leichtes Unterfangen, George von einem Boot auf das andere zu bekommen, weil beide kräftig Seite an Seite schaukelten. Nachdem George dann endlich von Mick übernommen war, rief Onkel Harry hinüber: „Ellen wird Sie nach Ceduna bringen. Dort können Sie genäht werden."

George winkte kraftlos. „Danke, Harry."

„Danken Sie mir bloß nicht. Ich war der Idiot, der die Bolzen nicht kontrolliert hat."

„Na, beim nächsten Mal denken wir daran."

„Wann?"

George zuckte mit den Schultern. „Für eine Weile kann ich den Arm nicht gebrauchen. Ich flieg erst mal zurück nach Adelaide."

„Gut. Wir bleiben in Verbindung."

„Tut mir Leid, dass ich Ihnen nun auf der Insel nicht helfen kann."

„Kein Problem. Wir schaffen das schon."

„Also, bis dann."

Die Athena fuhr mit voller Kraft nach Norden und die Seahorse schlug einen südlichen Kurs Richtung Wayward

Island ein. Onkel Harry schaute auf die Uhr. „Vor eins werden wir nicht da sein“, sagte er. Stirnrunzelnd blickte er auf den Benzinanzeiger. „Ich hoffe allerdings, dass wir nicht schon vorher auf dem Trockenen sitzen. Dieser Tanz mit Narbengesicht hat ganz schön Benzin gekostet.“

Joe sah, dass sich die Anzeige gefährlich gegen Null bewegte. „Aber du könntest auf See nachtanken?“

„Schon, schon, aber ich würde es natürlich lieber nicht tun müssen.“

„Und was ist jetzt mit Narbengesicht?“

„Der scheint alle Götter auf seiner Seite zu haben“, lächelte Onkel Harry. „Seine Bestimmung ist es wohl, frei zu sein.“

Joe blickte über den Horizont, wo die Umrisse der Insel ganz schwach auftauchten, und seine Aufregung wuchs. „Was machen wir heute Nachmittag?“, fragte er.

„Alles vorbereiten. Morgen oder am Mittwoch verladen wir dann die Schafe. Hängt ganz vom Wetter ab.“

Meg übernahm wieder das Ruder und Onkel Harry begab sich nach unten, um sich trockene Sachen anzuziehen. Joe band Mop los und beobachtete Meg aus den Augenwinkeln. Er hätte alles dafür gegeben, mit ihr tauschen zu dürfen, aber er wusste, dass sie mehr Erfahrung hatte nach all den Fahrten auf See, die sie schon zusammen mit ihrem Vater unternommen hatte. Er selbst war bisher nur in Melbourne mit dem Bus oder der Straßenbahn gefahren und konnte mit Sicherheit kein Boot lenken. Aber eines Tages würde seine Stunde kommen. Er hoffte, dass dieser Tag schon bald sein würde.

Sie hörten Onkel Harry über Funk sprechen. Zunächst rief er mehrmals VH6BA, dann gab er Andy Jones den Unfallbericht durch.

„Sag Ellen, sie möchte sich bitte bereithalten, um mit George zum Arzt zu fahren. Er muss genäht werden."

„Verstanden. Wie geht's ihm?"

„Er ist soweit in Ordnung, ein bisschen kaputt eben. Und er hat viel Blut verloren."

„Gut. Ich werde jemanden schicken, der ihn in Empfang nimmt."

„Danke, Andy. Und bestell Ellen, dass es uns allen gut geht. Meg und Joe sind munter wie die Fische. Wir fahren jetzt zur Insel. Ich denke, wir werden am Mittwoch-, spätestens am Donnerstagabend zurück sein. Ich gebe dir Bescheid, wenn wir wieder losdampfen und wann wir ungefähr zu Hause sind, okay?"

„Verstanden, Harry. Macht's gut."

Es klickte, als Onkel Harry das Gespräch beendete.

„Das wäre erledigt", sagte er. „Und nun können wir uns an unsere eigentliche Arbeit machen."

10

Onkel Harry vertrat immer die Ansicht, dass eine Katastrophe selten allein kommt. „Jedes Unglück hat einen Gefährten“, sagte er. „Wenn du einen Unfall hast, dann pass auf, was dir aus der anderen Richtung blüht.“

Megs Augen funkelten, als sie ihre Pudelmütze überstreifte. „Manche behaupten aber, alle Unfälle entstehen nur durch andere Leute, so wie heute Morgen, als die Bolzen vergessen wurden.“

„Erinnere mich bloß nicht daran“, schnaubte ihr Vater. „Je weniger davon gesprochen wird, umso besser. George und ich wollen das nicht noch mal erleben.“

Joe saß am Heck und hatte eine Hand in Mops Halsband gesteckt, der aussah, als schien ihm nichts weiter entfernt als Unfälle. Joe fühlte sich wohl und war zufrieden, denn die Insel wartete wieder auf ihn. Die Luft war klar und man konnte schon jetzt den großen Granitkopf des Black Bluff im Westen, die „Schwanzflossen“ im Osten, das wellenförmige „Rückgrat“ und die knochigen Riffe erkennen. Vor seinem inneren Auge sah Joe die Regenwassergräben, die Meerwassertümpel, die Anlegestelle mit dem kleinen Hügel dahinter, die Mulde, in die sich die Hütte duckte und so vor Wind geschützt war.

„Sagenhaft“, sagte er, „wirklich!“

Meg sah ihn durchdringend an und grinste. „Erzähl mir bloß nicht, dass du nach alledem immer noch von der Insel träumst.“

„Ich kann nicht anders. Es ist einfach so.“

„Wart mal ab. Hundert Schafe zu verladen ist keine Kleinigkeit. Da wird es dir schon vergehen, besonders deinem Rücken.“

Sie waren jetzt nur noch etwa zwei Kilometer vor der Insel. Die Seahorse tuckerte munter vorwärts und schaukelte regelmäßig in der Dünung. Die ganze Welt schien bestens in Ordnung.

Und dann, ohne jegliche Vorwarnung, stoppte plötzlich die Maschine.

„So ein Mist!“ Onkel Harry sah aus, als ob er sich die Mütze vom Kopf reißen und in sie hineinbeißen wollte. „Kein Benzin mehr – so kurz vorm Ziel.“ Aber sein Zorn verrauchte sofort wieder. Er spähte zur Küste.

„Joe, lass den Anker runter. Mach schnell. Und du hilfst ihm, Meg.“ Er sah ihnen nach, wie sie zum Bug eilten. „Er müsste greifen. Es kann hier nicht mehr als zehn oder fünfzehn Meter tief sein.“

Er hatte bereits den Tankdeckel abgeschraubt, als die Ankerkette herunterrasselte.

„Greift er?“, erkundigte er sich.

Joe starrte ins Wasser. „Ich glaube schon. Die Kette ist straff.“

„Behalte sie im Auge. Die Flut kommt. Ich hab wahrlich keine Lust, an den Felsen zu landen.“

Er nahm die Handpumpe und schloss sie an ein Benzinfass an. „Geh lieber weg, du Schafskopf“, brummte er, als Mop ihm zwischen die Beine lief. Nach einem kurzen Moment der Verzögerung begann die Pumpe ihre Arbeit. Sie hörten das gurgelnde Geräusch des Benzins im Tank und ein penetranter Geruch stieg ihnen in die Nase.

„Besser, du bleibst da, Joe“, sagte Onkel Harry und blickte kurz von seiner Arbeit auf. „Könnte sein, dass du die Kette regulieren musst. Und du, Meg – ab mit dir ins Ruderhaus. Sag Bescheid, wenn du das Gefühl hast, dass der alte Kasten abdriftet. Von da aus kannst du es am besten sehen.“

Was dann passierte, sollte Joe nie vergessen. Er beugte sich gerade über die Ankerkette, um nachzuschauen, ob er sie womöglich schon nachstellen müsse. Meg stapfte guter Dinge übers Deck, um ins Ruderhaus zu gehen. Und Mop stand schwanzwedelnd am Heck und sah Onkel Harry zu. Und im nächsten Moment schien die Welt in die Luft zu fliegen.

Eine riesige Stichflamme schoss empor, eine gewaltige Explosion folgte, als hätte eine Bombe eingeschlagen. Wie bei einem Vulkanausbruch erbebte der Kutter, alles glühte und riesige Feuerwogen breiteten sich in rasender Geschwindigkeit rot und orangefarben aus. Joe sah, wie Onkel Harry mit hochgerissenen Armen zurückgeschleudert wurde und seine Mütze durch die Luft flog. Gleichzeitig hielt sich Meg eine Hand vors Gesicht, als habe ihr jemand eine satte Backpfeife verpasst. Dann wirbelte sie zurück und flog und fiel zugleich über Bord. Eine Sekunde später glich die Hälfte der Seahorse einem Bild der Verwüstung.

Joes Gehirn schien nur langsam zu reagieren, aber in Wirklichkeit rasten in einem einzigen Augenblick dutzende von Horrorbildern durch seinen Kopf. Das Benzin war explodiert. Irgendetwas hatte es entzündet – der heiße Motor vielleicht, oder ein durchgeglühtes Kabel, irgendeine statische Aufladung oder eventuell zwei Metallstücke, die aneinandergeschlagen waren … Joe hatte keine Zeit, darüber nachzudenken. Onkel Harry trieb irgendwo im Meer, wahrscheinlich schwer verletzt, Meg war ebenfalls über Bord gegangen und es gab kein Lebenszeichen von ihr. Die Seahorse war nur noch ein einziger Schmelzofen, auf dem es alle paar Sekunden neue, kleinere Explosionen gab.

Joes erster Gedanke war, ins Wasser zu springen, um den Flammen zu entkommen. Aber dann, schoss es ihm durch den Kopf, wären alle drei ohne Beistand im Wasser, zwei Kilometer vor der Küste. Er war der schlechteste Schwimmer von allen und er bezweifelte, dass er die Küste erreichen könnte. Und es gab Haie im Wasser.

In seinem Kopf herrschte heilloses Durcheinander. Er handelte instinktiv. Mit einem Riesensatz war er an dem Kasten mit dem Rettungsfloß, über das sie am Morgen noch ihre Späße gemacht hatten. Das Ruderhaus schützte ihn vor der allergrößten Hitze.

Er hatte einige Mühe, die Tür des Kastens aufzubekommen, denn der alte, verrostete Haken, der sie verschloss, rührte sich nicht von der Stelle. Er versuchte, ihn mit beiden Händen nach oben zu ziehen. Er hakte die Finger dahinter und probierte es so. Ein Fingernagel riss dabei tief ein und sofort war der Finger blutüberströmt. Joe kümmerte sich nicht darum, er nahm sein Taschenmesser und schlug wie besessen gegen den Haken. Langsam bewegte er sich. Mit einem letzten gewaltigen Schlag hatte er es geschafft. Die Tür ging auf. Er packte das Rettungsfloß und warf es hinter sich. Da entdeckte er auf der Rückwand des Kastens eine rote Schrift: ZUM AUFBLASEN STÖPSEL ZIEHEN. ACHTUNG: NICHT IN GESCHLOSSENEN RÄUMEN VERWENDEN!

Hätte er Zeit gehabt, hätte er sich wahrscheinlich über den Unsinn des letzten Satzes totgelacht. Es gab auf dem ganzen Ozean zwischen Wayward und der Antarktis nichts, das offener war als die Seahorse. Joe zog den Stöpsel und warf das Floß fast gleichzeitig ins Wasser. Es blies sich mit einem gewaltigen Knall auf. Dann sprang Joe hinterher. Er sah, wie eine schwere Explosion die Seahorse erschütterte und eine Hitzewelle streifte ihn. Der Kutter war nur noch ein Wrack, Flammen züngelten überall und dicker schwarzer Qualm stieg zum Himmel auf. Ein Teil des Ruderhauses war weggerissen worden und das ganze Heck schwamm in einer großen Lache brennenden Benzins.

Das alles nahm Joe kaum wahr. Das Floß tanzte heftig auf den Wellen. Es lag nahe beim Bug. Meg war steuerbord aufgetaucht und zog Onkel Harry von dem brennenden Kutter weg. Er schien bei Bewusstsein, denn er versuchte sie, so gut es ging, zu unterstützen, indem er matt mit den Armen herumpaddelte.

Joe winkte Meg zu. „Hey, bist du in Ordnung?“

Sie schwamm auf der Stelle und wischte sich mit der Hand die Augen. „Dad hat was abgekriegt, aber ich bin okay.“

„Wirklich?“

„Ja. Irgendwas hat mich im Gesicht erwischt. Ich glaube, ich hab ein blaues Auge.“

Joe schwamm auf sie zu. „Nein, nein.“ Sie dirigierte ihn zurück. „Schwimm hinters Floß. Schieb es her, wenn du es schaffst. Sonst treibt es ein Windstoß fort.“

Er kam sich wie ein Esel vor, dass er nicht selbst darauf gekommen war. „Tut mir Leid“, rief er ihr zu, drehte ab und schwamm mit großen Zügen zum Floß.

„Beeil dich! Ich kann Dad nicht mehr lange halten.“

Das Floß hüpfte auf und ab, drehte sich auf den Wellen und veränderte ständig seine Richtung. Joe wurde fast verrückt. Er zerrte, stieß und zog es in der Hoffnung, es so zu Meg und Onkel Harry bugsieren zu können. Alles schien vergeblich. Er wurde müde und spürte, dass er nicht mehr lange durchhalten würde. Als er zwei Paddel auf der Innenseite des Floßes entdeckte, schöpfte er wieder Hoffnung, es mit ihnen schaffen zu können.

Verzweifelt bemühte er sich, mit den Armen über den Rand des Floßes zu kommen und tastete nach etwas, woran er sich festhalten konnte. Er hatte Glück. Das Floß hatte innen kleine Handgriffe, an denen er sich mühsam hineinziehen konnte. Stück für Stück schob er sich vorwärts, bis sein rechtes Knie auf der Umrandung lag. Dann hievte er sich mit letzter Anstrengung in das Floß und blieb einen Moment erschöpft liegen.

„Geschafft!“, schnaufte er.

Er nahm eines der Paddel, kniete sich an eine Seite und begann wild zu rudern. Aber auch das war nicht so einfach.

Das Floß schien zu machen, was es wollte. Er sah, dass Meg am Ende ihrer Kräfte war. „Hierher!“, brüllte sie verzweifelt. „Schnell! Schnell!“

Als er sie endlich erreicht hatte, ging er fast über Bord, als er ihr helfen wollte, den Vater auf das Floß zu ziehen. „Nee, bleib, wo du bist“, sagte Meg. „Knie dich hin und versuch, Dads Arme zu greifen.“

Es schien aussichtslos, so heftig bewegte sich das Floß auf der aufgewühlten See. Aber nach einiger Zeit hatte er Onkel Harry gepackt. „Halt ihn“, japste Meg, „und lass ihn bloß nicht los!“

„Ich hab ihn“, sagte Joe und versuchte, überzeugter zu klingen, als er wirklich war.

„Jetzt“, rief Meg. „Kannst du ihn raufziehen?“

Joe zog mit aller Kraft, doch als Onkel Harrys Körper aus dem Wasser heraus war, wog er gleich das Doppelte.

„Ich schiebe, du ziehst!“, sagte Meg.

„Gut.“

„Alles klar?“

Sie mühten sich ab, doch es war hoffnungslos.

„Lass meine Hände los, Joe.“ Die Stimme war kaum zu vernehmen und Joe brauchte einen Moment, um zu begreifen, dass da sein Onkel gesprochen hatte. Er lockerte seinen Griff und fasste ihn unter die Achselhöhlen.

„Noch mal!“

„Fertig?“

„Jetzt!“

Aber nicht Joe oder Meg waren es, die es schließlich schafften, sondern Onkel Harry selbst. Mit übermenschlicher Willenskraft brachte er es fertig, seine Arme über die gewölbte Umrandung des Floßes zu bekommen und sich hineinzuziehen. Joe zerrte ihn mit zusammengebissenen Zähnen in die Mitte. Dann packte er Meg fest bei den Händen und half ihr ins Floß.

„Wir haben es geschafft!“, sagte sie prustend.

Jetzt konnte Joe Onkel Harry zum ersten Mal richtig sehen. Gesicht, Arme und Hände waren verbrannt. Augenbrauen, Wimpern und der größte Teil seiner Haare waren einfach verschwunden. Hose und Jacke hatten die Farbe alter Holzkohle. Sogar die Schuhe fehlten. Joe fragte sich, ob sein Onkel große Schmerzen habe, ob wohl die Haut unter der Kleidung auch verbrannt sei, ob die Druckwelle noch andere Verletzungen hervorgerufen und ob er viel Benzindampf eingeatmet hatte.

Meg beugte sich über ihren Vater. „Dad – Dad, alles in Ordnung?“

Er brauchte lange, bevor er antwortete. „Hat gebrannt“, sagte er tonlos. „Das Benzin hat gebrannt. Hat mich wohl ein bisschen umgehauen.“ Er versuchte zu lächeln.

Das machte Meg Mut. „Wir bringen dich auf die Insel“, sagte sie zuversichtlich.

Onkel Harry starrte Joe an. „Müssen das Floß nehmen“, krächzte er.

„Ja. Joe hat es aufgeblasen“, sagte Meg.

„Gut. Gut gemacht, Junge.“

Sie stützte ihn, so gut sie konnte, und bettete seinen Kopf auf die Umrandung. Joe zog sich seine triefende Jacke vom Körper, wrang sie aus und rollte sie zu einem Kopfkissen zusammen. Meg zog pfeifend den Atem ein, während sie sich um ihren Vater kümmerte. Joe wurde klar, dass sie dies nicht aus Angst oder Anstrengung tat, sondern vor Schmerzen. Die linke Seite ihres Gesichts war vom Kinn bis zur Stirn ein einziger Bluterguss und das Auge war stark geschwollen. Ihre obligatorische Pudelmütze fehlte natürlich. Das Haar war angesengt und an den Spitzen ganz verschrumpelt.

„Bist du wirklich okay, Meg?“, fragte er noch einmal besorgt.

Sie wischte die Frage mit einer Handbewegung weg. „Jaja. In meinem Kopf hämmert es wie von tausend Spechten, das ist alles. Mich muss wohl ein Stück Holz erwischt haben, das bei der Explosion durch die Luft flog.“

„Wäre schön, wenn es nichts weiter wäre.“

Sie nahm das zweite Paddel. „Los jetzt, wir versuchen, zur Insel zu kommen.“

Das war ein Stück harte Arbeit. Sie bekamen das Floß eine ganze Weile nicht in den Griff, bis sie endlich auf die Idee kamen, gleichzeitig zu paddeln wie zwei Indianer in einem Kanu. Sie hatten Glück. Wind und Flut trieben sie in die Richtung der Insel, sodass sie schließlich gut vorankamen.

* * *

Nach einiger Zeit waren sie weit genug von dem brennen den Kutter entfernt. Onkel Harry starrte mit blicklosen Augen auf die Seahorse und rief immerzu „Mein Gott! Mein Gott!“ Der Kutter spie Feuer und Rauch und ging langsam unter. Die zweite große Explosion hatte einen Teil des Hecks weggerissen. Die Seahorse sank achtern. Rauchwolken standen über ihr und wurden nur schwer vom Wind vertrieben. Joe und Meg sahen traurig zu.

„Nicht viel mehr als eine schwimmende Müllhalde“, sagte Meg bitter.

Joe hätte nicht sagen können, was den Gedanken ausgelöst hatte, aber plötzlich – „Mop!“, schrie er. „Wo ist Mop?“

Meg war ratlos. „Er … er war nicht mehr angebunden, oder?“

„Nein, nein! Er war frei!“

„Bist du sicher?“

„Ich hab ihn doch selbst losgebunden. Erinnerst du dich nicht mehr? Er kam doch deinem Vater noch in die Quere.“

Jetzt fiel es ihr ein. „Armer Mop.“

Joe war voller Angst. „Wir müssen umkehren. Er könnte noch am Leben sein!“

„Auf dem Kutter? Unmöglich!“

„Na, dann schwimmt er vielleicht noch irgendwo herum und ist ganz verzweifelt.“

„Dann hätten wir ihn doch gesehen.“

„Egal, wir müssen ihn suchen.“

Sie schaute ihn ernst an. „Wir können mit dem Ding hier niemals gegen den Wind und die Strömung ankommen, Joe. Und wir müssen zuerst an Dad denken.“

Er wollte ihr eine trotzige Antwort geben, ließ es aber nach einem Blick auf ihren Vater. „Oh, Mop“, sagte er nur.

„Er ist tot, Joe.“

Joe drehte sich weg. Sein Gesicht war tränenüberströmt.

„Joe, bitte, hilf mir. Wir müssen Dad schnellstens auf die Insel bringen."

Es war sehr kalt und die beiden fingen an zu zittern. Joe spürte den eisigen Wind bis auf die Knochen und sein Herz krampfte sich zusammen bei dem Gedanken, dass Mop da irgendwo auf dem Meeresgrund liegen könnte.

Es gab noch einige gefährliche Momente, als sie das Floß an den Riffen vorbei durch die Fahrrinne steuern mussten. Zweimal wurde es durch aufbrandende Wellen nahe an die Felsen gedrückt, aber beide Male gelang es ihnen, Schlimmeres zu verhüten, indem sie sich von den Felsen abstießen. Schließlich hatten sie das Floß sicher in die kleine Bucht manövriert.

Onkel Harry, der die ganze Zeit wie betäubt dagelegen hatte, öffnete die Augen, als er den Sand unter dem Floß knirschen hörte. „Habt ihr gut hingekriegt", ächzte er. Er machte eine Bewegung, als ob er aufstehen wollte, aber er tastete nur in der Gegend herum und fiel wieder zurück.

„Nicht, Dad!", rief Meg. „Lass uns das machen. Wir bringen dich hier weg!" Sie sprang vom Floß. „Komm, Joe, lass uns das Floß so weit wie möglich an Land ziehen."

Sie strengten sich beide an, aber weit schafften sie es nicht. Joe war klar, dass sie so einen stämmigen Mann wie Megs Vater nicht allein bis zur Hütte transportieren konnten, wenn sie nicht ein Hilfsmittel – einen Karren oder eine Art Schlitten – zur Verfügung hatten. Onkel Harry sah Joe an und schien zu ahnen, was ihm durch den Kopf ging.

„Der Wagen für die Schafswolle", stöhnte er, „in der Scheune."

„Ich hol ihn“, sagte Joe zu Meg. „Bleib du hier bei deinem Vater.“ Er rannte den Hügel hinauf, an der Hütte vorbei zu der alten Scheune und sah den Wagen sofort. Er bestand aus einer niedrigen metallenen Plattform mit einem Handgriff und vier breitrandigen Eisenrädern, die Onkel Harry immer dazu benutzt hatte, die Wollballen zum Landesteg zu fahren. Der Wagen war einfach, aber zweckmäßig. Joe zog ihn hinter sich her zum Strand.

Zwanzig Minuten später zerrten Joe und Meg ihren Patienten durch die Tür der Hütte und betteten ihn auf eine Koje im Schlafzimmer. Joe war sich nicht sicher, was als Nächstes zu tun sei, aber Meg verhielt sich wie eine ausgebildete Krankenschwester. Aus einem alten Schrank, in dem Bettzeug aufbewahrt wurde, nahm sie saubere Laken und Decken und ging zu ihrem Vater.

„Dad“, sagte sie sanft, „wir müssen dich jetzt in ein Bettlaken wickeln. Aber zuerst müssen wir schauen, ob du unter deinen Sachen noch weiter verbrannt bist.“

Er nickte. Joe dachte mit Schaudern daran, was sie wohl zu sehen bekommen würden, denn schon Onkel Harrys Gesicht war ein grauenvoller Anblick – die Haut war ganz entzündet und die Lippen waren geschwollen. Wenn die Flammen sich durch die Kleidung gefressen hatten, musste er an einigen Stellen oder im schlimmsten Fall am ganzen Körper Verbrennungen haben.

Zu ihrer Erleichterung waren die Verbrennungen unter der Kleidung nicht ganz so schlimm – ein paar kleine Stellen auf der Brust und zwei größere an den Beinen, zwischen Knöchel und Knie. Dadurch, dass Onkel Harry ins Wasser geschleudert worden war, wurden die Flammen wohl erstickt, bevor sie die Kleidung durchdringen konnten.

Meg wickelte die Decken um ihn, damit er warm gehalten würde. Sie beugte sich über ihn. „Wie fühlst du dich, Dad?"

Er holte tief Luft. „Danke, Schatz, ich werde es schon überleben."

Sie war nicht überzeugt. „Es ist schlimm, nicht?"

„Die Schmerzen, ja. Brennt mörderisch."

Sie war sofort in der Küche und durchwühlte alle Schubladen. „Ich bin sicher, wir hatten hier mal Schmerztabletten", sagte sie zu Joe, „Aspirin oder so was."

Schließlich fand Meg die Schachtel unter einem halb leeren Karton mit Streichhölzern. Sie flitzte wieder zu ihrem Vater, zwei Tabletten und ein Glas Wasser in der Hand. „Hier, nimm das."

Er lächelte schwach, als er seinen Kopf hob. „Danke, Schwester Meg."

Sie glättete noch einmal die Decken und schlich dann auf Zehenspitzen aus dem Zimmer. „Versuch jetzt zu schlafen."

Joe wartete in der Küche auf sie. „Sollten wir nicht was gegen die Verbrennungen machen – Salbe oder Butter oder so?"

Entsetzt wehrte sie ab. „Bloß nicht. Nicht bei Verbrennungen. Nichts Fettiges oder Öliges – selbst, wenn wir so was hätten."

„Warum nicht?"

„Das ist das Schlimmste, was du machen kannst."

„Ich hab gedacht, es würde helfen."

„Nee, nichts mit Fett."

Joe wollte nicht weiter auf seinem Vorschlag beharren. „Du weißt echt mehr als ich", sagte er.

Sie nahm die Schmerztabletten und drückte noch eine aus der Packung. „Ich werde mal selber eine nehmen. In meinem Kopf rumort es, als würden da drin Felsen herumgeworfen."

Joe fühlte sich hilflos. „Willst du dich nicht auch hinlegen?", fragte er. „Du siehst gar nicht gut aus." In diesem Moment schien alles auf ihn einzustürzen. Bislang hatten sie keine Zeit gehabt, nachzudenken. Aber jetzt war da ein Stillstand. Er schaute auf die Uhr. Sie ging noch.

„Zwei", sagte er. „Ganz schön spät dran fürs Essen."

Meg lachte zynisch. „Wir werden wohl die ganzen nächsten Tage spät dran sein – beim Frühstück, beim Tee und so weiter."

Er sah sie an und verstand langsam, was sie meinte. „Nichts zu futtern hier, hab ich Recht? War alles auf der Seahorse, oder?"

„Alles."

„Und keine Chance, Hilfe zu holen. Kein Funk, nichts."

Sie schüttelte den Kopf. „Überhaupt nichts."

„Also können wir nur warten."

Sie setzte sich hin und tastete mit der linken Hand ihren Bluterguss ab. „Genau. Warten. Und niemand macht sich die nächsten drei Tage Gedanken. Es gibt für niemanden einen Grund anzunehmen, dass wir in der Patsche sitzen."

11

Es dauerte einige Zeit, bis Joe die Lage begriff, in der sie sich befanden. Alles, was sie dringend benötigten, war mit der Seahorse untergegangen – Lebensmittel, Kleidung, Werkzeug, Kerosin für die Lampen, ja sogar das Brennholz. Und obendrein hatten sie auch noch den einzigen Kontakt zum Festland verloren – das Funkgerät. Onkel Harry hatte schließlich zu Andy Jones gesagt, dass er sich nicht mehr melden würde, bis sie die Schafe verladen hatten und sich auf den Rückweg machen würden, also nicht vor Mittwoch- oder Donnerstagabend. Und heute war erst Montag.

Nicht nur Hunger würde sie in den nächsten Tagen quälen. Onkel Harry brauchte sofort einen Arzt. Er hatte die Explosion zwar überlebt – aber was, wenn es ihm in der Nacht schlechter ginge oder am Morgen oder am Tag darauf? Was, wenn seine Lunge etwas abbekommen hätte und er Blut spucken würde? Und auch Meg musste zum Arzt, denn ihre Wange sah aus wie eine überreife Pflaume und ihr linkes Auge war nun schon so stark geschwollen, dass sie es nicht mehr öffnen konnte. Sie war natürlich auch durch den Schock mitgenommen, aber sie weigerte sich standhaft, sich hinzulegen. Stattdessen sauste sie voller Tatendrang um Joe herum und erklärte ihm, dass noch einiges getan werden müsste.

„Warum verbreitest du denn so eine Hektik?“, fragte er erstaunt.

„In ein paar Stunden ist es dunkel.“

„Ja, und?“

„Dann müssen wir alles geschafft haben. Wir müssen nachschauen, ob es irgendetwas Brauchbares in den Schränken gibt. Wir müssen überprüfen, wie viel Kerosin noch in den Lampen ist und wie viel Anmachholz wir noch haben. Wir müssen Notsignale machen. Wir müssen auf Dad aufpassen und ihn warm halten. Aber zuerst müssen wir unsere Klamotten trocknen oder wir kriegen eine Lungenentzündung. Und das wäre dann absolut das Ende der Fahnenstange.“

„Aber wir haben nichts anderes anzuziehen.“

„Dann müssen wir eben ein bisschen improvisieren, Mensch. Sei doch nicht so unflexibel“, schimpfte Meg ungehalten.

„Oh, ja, natürlich.“ Er war eingeschnappt. Manchmal hätte er ihr am liebsten mit voller Wucht gegen das Schienbein getreten.

„Kannst du Feuer machen?“, fragte sie.

„Frag doch nicht so blöd. Klar kann ich.“

„Na los, dann mach eins.“

„Im Kamin?“

„Nee – auf dem Küchentisch.“

„Du bist echt bescheuert.“

Er bedauerte sofort, was er gesagt hatte. Sie war verletzt, hatte Schmerzen und er stand herum und stellte dumme Fragen.

Auch Meg gab nach. „Entschuldige", sagten sie beide gleichzeitig. Sie lachten. „Also tut es uns beiden Leid."

„Ich schau mich mal nach Holz um", sagte er beim Hinausgehen.

„Da ist noch was vom letzten Mal, gleich neben der Hütte. Damit kannst du das Feuer anmachen."

„Gut. Und was machst du in der Zwischenzeit?"

„Ich zieh mich um."

Einige Zeit später trug Joe ein Bündel Brennholz ins Zimmer und machte sich daran, ein Feuer zu entfachen. Da es kein Papier gab, musste er einige Stücke mit seinem Taschenmesser kürzen und den ersten, winzigen Flammen gut zureden. Zum Glück hatten sie Streichhölzer. Kurz darauf kam Meg herein, in ein Handtuch gewickelt und mit langen, alten Hosen bekleidet, die über die Jahre so steif geworden waren, dass sie wahrscheinlich von allein gestanden wären. Der Hosenboden hing ihr in den Kniekehlen und die Hose war unten so weit umgeschlagen, dass die Innenseite fast mehr draußen war als drinnen. Den Kopf hatte Meg durch ein Loch gesteckt, das sie in die Mitte eines Handtuchs geschnitten hatte. Die Enden waren verknotet und in den Hosenbund gestopft. Damit die Hose nicht rutschte, hatte sich Meg eine alte Kordel umgebunden. Ohne Augenbrauen, mit dem angesengten Haar und dem Bluterguss sah sie aus, als spiele sie in einem Gruselfilm die Hauptrolle.

„Ach du Schreck", platzte es aus Joe heraus, „wo hast du die denn her?"

„Die Hose?"

„Ja."

„Die hing an der Tür. Und das bestimmt seit zwanzig Jahren."

„Ist die nicht voller Spinnen?"

„Nö, die hab ich alle abgemurkst."

Sie trug ihre nassen Sachen unter dem Arm. „Die sollten wir in frischem Wasser ausspülen, damit das Salz rausgeht, und dann draußen aufhängen. Ich hab hier irgendwo eine alte Wäscheleine gesehen. Später holen wir unsere Klamotten rein und trocknen sie am Feuer."

Joe zögerte. Sie stand in der Tür und winkte ihm.

„Los, jetzt bist du dran."

„Ich hab doch nichts, was ich anziehen könnte."

„Da hängt noch ein alter Overall im Schrank – etwa so groß wie meine Hose hier. Nimm den!"

Der Overall war so groß wie ein kleines Zelt. Joe krempelte mehrmals die Hosenbeine um und verkürzte die Träger um die Hälfte, sodass die Sache einigermaßen passte. Er machte es Meg nach und nahm sich ein Handtuch, um den Oberkörper warm zu halten. Dann spülte er die durchgeweichten Sachen in der Tonne vor dem Haus, wrang sie so kräftig wie möglich aus und hängte sie über eine hoffnungslos ausgeleierte Wäscheleine nahe der Küche. Die Jeans wischte zwar fast über den Boden, aber er hatte Angst, den Pfahl der Wäscheleine zu verschieben, weil er sich nicht sicher war, ob der Pfahl die Leine hielt oder nicht eher die Leine den Pfahl.

Als er wieder in die Hütte kam, war Meg eifrig damit beschäftigt, jede Kiste und jede Schublade zu durchwühlen. Plötzlich hielt sie triumphierend eine Schachtel in die Höhe. „Streichhölzer!“

„Ich weiß. Hab ich vorhin schon benutzt.“

„Und da sind Messer, Gabeln, Tassen, Untertassen, Teller, Töpfe und massenhaft Löffel.“

„Das ist gut“, antwortete Joe trocken. „Ich hab nämlich gern Löffel zum Frühstück. Aber zum Mittagessen nehme ich lieber Gabeln. Und zum Tee dürfen es dann Messer sein.“

Sie überhörte seinen Sarkasmus und wühlte zielstrebig weiter. „Eine Brotbüchse, aber kein Brot. Eine Butterglocke, aber keine Butter. Eine Zuckerdose, aber keinen Zucker.“

„Wie ich es mir immer gewünscht hab – schöne, saubere, leere Teller.“

„Und zum Schluss drei gute Nachrichten“, sagte sie stolz und verbarg dabei etwas hinter ihrem Rücken.

„Und die wären?“

„Da-da-da-daaa!“, trompetete sie und hielt ihm ihre Schätze unter die Nase. „Ein Päckchen Tee, eine Dose Kondensmilch und eine Kerze.“

„Volltreffer!“

„Besser als nichts.“

Dann suchten sie die Lampen zusammen und prüften, wie viel Kerosin sie noch enthielten. „Nicht viel“, stellte Meg düster fest. „Gerade mal ein halber Tank, alles zusammen.“

„Wir müssen eben ohne Lampen auskommen.“

„Weißt du was? Wir füllen alles in eine Lampe und stellen sie mit der Kerze in Dads Zimmer. Hier haben wir ja das Licht vom Feuer."

„Kommt drauf an, ob wir genug Holz haben."

„Genau. Das ist der nächste Punkt. Du könntest dir mal die Axt schnappen und so viel wie möglich organisieren."

„Aber woher?"

„Von überall. Reiß ein paar von den Zaunpfählen raus, wenn es nicht anders geht – aus der Mitte, da kommt es nicht so drauf an."

„Aber ...", rief Joe entsetzt.

„Mensch, mach schon, um Himmels willen! Wir können auch wieder neue Pfähle setzen."

Etwas beschämt durch ihre Energie trottete er zur Tür. „Ich komm und helfe dir, wenn ich hier fertig bin. Will mal versuchen, ein SOS zu basteln."

Er blieb stehen und schaute überrascht zurück. „SOS?"

„Ja."

„Wo?"

„Hier, vor der Hütte. Ganz groß. Da, auf dem Gras."

„Aber womit?"

„Handtücher, Laken, Bretter, Eisenstücke oder Glas. Wir nehmen alles, was wir haben. Es muss so groß sein, dass man es aus der Luft sehen kann. Und ich werde noch eines in den Sand schreiben, unten beim Landesteg."

„Es gibt doch keine Suchflüge mehr – die Tunfischsaison ist vorbei."

„Einen Versuch ist es wert, oder? Vielleicht fliegt ein Hubschrauber von der Bohrinsel hier vorbei. Oder George

Lane, der noch einen letzten Blick auf Wayward werfen will, wenn er morgen nach Hause fliegt.“

Joe nickte. Er wusste, dass sie viel vorausschauender und überlegter war als er.

Als die Sonne schon tief am Horizont stand, waren sie mit all ihren Verrichtungen fertig. Das Feuer prasselte jetzt kräftig im Kamin, vor der Hütte prangten drei Meter große SOS-Buchstaben auf dem Rasen und am Schornstein flatterte noch zusätzlich eine Notflagge im Wind, die Meg dort angebracht hatte. Ihre Kleidung hatten sie zum Trocknen am Feuer aufgehängt. Meg, die sich ihren Schlafplatz in der Küche einrichtete, sagte, sie würde hier schlafen, so sei sie zur Not immer gleich bei ihrem Vater. Joe könne es sich in dem leeren Zimmer gemütlich machen. Dann kochten sie sich ein bisschen Tee und jeder spendierte sich einen Tropfen der Kondensmilch. Normalerweise hasste Joe Tee, aber wenn es nichts anderes zu trinken oder gar zu essen gab, war Tee etwas Wunderbares. Er gaukelte dem Magen seine gewohnte warme Abendmahlzeit vor. Joe legte seine Hände um die Tasse, um sie zu wärmen, blies ab und zu in die Tasse und genoss den Tee schlückchenweise, um möglichst lange etwas davon zu haben.

Meg nahm die dritte Tasse und ging leise zu ihrem Vater. „Ein bisschen Tee, Dad?“, fragte sie sanft.

Ihr Vater schaute auf. „Bist du es, Meg?“, krächzte er.

„Ja, ich bringe dir Tee.“

Er runzelte die Stirn und sah sie lange an. „Dein Gesicht", sagte er dann, „zum Teufel, was ist mit deinem Gesicht passiert?"

„Die Explosion, Dad, weißt du nicht mehr?"

Er schien sehr verwirrt und seine Erinnerung getrübt. Sie fragte sich besorgt, ob er wohl wenigstens halb bei Bewusstsein sei.

„Möchtest du Tee?"

Sie saß auf der Bettkante und versuchte, die Tasse an seine geschwollenen Lippen zu halten. Er nippte daran, hustete, nippte wieder. Dann schob er die Tasse beiseite. „Das brennt wie verrückt", sagte er. Meg holte zwei Schmerztabletten aus der Küche und achtete darauf, dass er sie mit etwas Tee auch wirklich schluckte.

„Tut es sehr weh?", fragte sie.

„Die Verbrennungen sind die Hölle."

„Vielleicht helfen die Tabletten."

„Vielleicht."

„Schlaf jetzt!"

Sie stand auf und ging aus dem Zimmer. Joe beobachtete sie, als sie sich vor das Feuer setzte. Sie weinte so still, dass er es erst bemerkte, als ihre Schultern bebten und sie laut schniefte. „Meg", sagte er, „warum legst du dich denn nicht hin?"

Sie sah ihn an. Sie zitterte am ganzen Körper. „Wir brauchen Hilfe, Joe", sagte sie mit erstickter Stimme. „Dad geht's schlecht und es wird immer schlimmer. Wir müssen Hilfe holen."

In seinem ganzen Leben hatte Joe sich noch nie so hilflos gefühlt. „Was können wir denn machen? Nichts. Nichts außer warten, bis deine Mutter oder Andy Jones sich Sorgen machen und jemanden herschicken. Und das passiert nicht vor Donnerstag oder Freitag."

„Das ist zu spät."

Sie schauten sich verzweifelt an. „Wenn wir doch bloß Funk hätten", sagte Joe, „oder sonst irgendein Signal – eine Leuchtkugel oder so."

Meg richtete sich plötzlich auf. „Ein Signal! Joe, das ist die Idee! Du bist ein Genie."

Obwohl er sich durch ihr unerwartetes Kompliment geschmeichelt fühlte, verstand er nicht, was sie meinte. „Wir haben aber kein Signal."

„Wir machen eins."

„Wie denn?"

„Mit der Lampe und einer Kiste."

Joe konnte sich nicht im Entferntesten vorstellen, was sie vorhatte.

„Und mit einer Art Fensterladen", fügte sie hinzu.

„Das ist mir zu hoch."

„Na, etwas, das man auf- und zuklappen kann. Wir bauen eine Aldislampe."

Er wusste, was eine Aldislampe war, er hatte bereits über ihre Verwendung auf Kriegsschiffen gelesen.

„Meinst du, dass das funktioniert?"

„Es muss."

Sie stand auf und begann von neuem, alles zu durchwühlen. Sie spähte mit ihrem gesunden Auge in alle Ecken und sah dabei aus wie ein kurzsichtiger Terrier. Nach langem Suchen entdeckte sie schließlich einen stabilen Karton mit einer Klappe. „Das ist genau das Richtige“, stellte sie fest. „Die Klappe wird unser Fensterladen.“

„Und wie soll das gehen?“, fragte Joe.

„So“, sagte sie ungeduldig. Sie nahm den Karton und legte ihn auf eine der Seitenflächen. „Du stellst die Lampe in den liegenden Karton. Dann machst du die Klappe auf – das Licht scheint raus, dann machst du sie wieder zu – es bleibt dunkel, du machst sie wieder auf und so weiter.“

„Ah, langsam geht mir ein Licht auf.“

Sie verzog angewidert das Gesicht über sein Sprachspiel. „Wenn das bloß nicht schlimmer wird!“

„Ein blinkendes Licht ist besser als ein ständiges.“

„Eben. Ich werde SOS blinken.“

„SOS?“, fragte er verblüfft.

„Na klar. Ich morse.“

„So richtig den Morsecode?“

„Was denkst du denn, du Trottel?“

„Und wie machst du das?“

„Dreimal kurz, dreimal lang, dreimal kurz. So.“ Sie schlug mit einem Messergriff auf den Tisch und sprach den Code dabei mit. „Kurz-kurz-kurz, lang-lang-lang, kurz-kurz-kurz.“

Er war beeindruckt. „Das wusste ich nicht.“

„Dann weißt du es jetzt.“

„Und beim Licht ist es dasselbe? Dreimal kurzes Aufleuchten, dreimal lang?“

„Mein Gott, er hat es!“, rief sie genervt aus. Sie drehte den Karton in seine Richtung und machte die Klappe so schnell sie konnte auf und zu. „Kurz-kurz-kurz. Dann dreimal langsamer, damit das Licht länger scheint, und dann wieder nur drei kurze Blitze."

„Woher weißt du das bloß alles?"

„Was – alles?"

„Na, Aldislampe und Morsecode."

Sie zuckte mit den Schultern. „Das können alle hier. Die Skipper müssen das können, falls mal der Funk ausfällt. Glaubst du etwa, Dad würde mich auf der Seahorse mitnehmen, wenn ich nicht mal SOS könnte? Das kann man sogar mit einer Taschenlampe."

Er schaute erst sie anerkennend an, dann den Karton. „Ich denke, es funktioniert – wenn jemand da ist, der es sieht."

„Das ist das Problem", stimmte sie zu. „Die Lampe wird es nicht mehr lange machen."

„Wir könnten sie ganz groß stellen – den Docht, meine ich."

Sie schüttelte den Kopf. „Nee, das würde nur qualmen und zu viel verbrauchen. Das Glas würde schwarz werden und dann hast du gar nichts davon."

Joe seufzte. „Wir brauchen etwas, um das Licht zu reflektieren – einen Spiegel oder so."

Meg warf ihm einen bewundernden Blick zu. „Manchmal bist du echt gut. Das ist eine super Idee."

Sie nahm den alten Spiegel ab, der neben der Küchentür an einem Nagel hing. Es war der einzige Spiegel, der zur Verfügung stand. Es gab zwar noch einen zweiten, aber der war im Schlafzimmerschrank in die Tür eingelassen.

„Der ist zu groß", sagte Joe, „der passt da nicht rein."

Sie probierten es. Der Spiegel hatte zwar die richtige Breite, war aber doppelt so hoch wie der Karton.

„Wir müssen ihn in zwei Hälften brechen“, sagte Meg.

„Wenn du ihn mit einem Hammer oder so was bearbeitest, bricht er dir in tausend Stücke“, gab Joe zu bedenken.

Meg grinste. „Versuch bloß nicht, deiner Cousine beizubringen, wie man Kühe melkt.“ Sie nahm ein Stück Schnur, tauchte es in den Tank der Lampe und band es sorgfältig in der Mitte um den Spiegel. Dann nahm sie ein Streichholz und hielt es an die kerosingetränkte Schnur. Sie flammte rundherum auf, brannte ein, zwei Minuten rauchig und zerfiel in einen Aschestrang. Als die letzte Flamme erloschen war, nahm Meg den Spiegel und hielt ihn in die Tonne mit kaltem Wasser, die an der Tür stand. Der Spiegel zerbrach in zwei Hälften, als ob er mit einem Messer geschnitten worden wäre.

„Wahnsinn! Wo hast du das denn wieder her, Meg?“

„Das ist ein alter Trick bei uns auf dem Land“, brummte sie, während sie eine Spiegelhälfte polierte und in den Karton einpasste. „Wir benutzen ihn, um die Flaschenhälse abzumachen. So kann man den unteren Teil weiterverwenden für Gurken oder Marmelade.“

Meg putzte das Glas der Lampe, bis es im Feuerschein funkelte, und schnitt über der Stelle, wo die Lampe stehen sollte, ein Loch in den Karton, damit der Rauch abziehen konnte. Zum Schluss brachte sie die Lampe in ihre Position.

„Das wär's“, sagte sie und machte die Klappe auf und zu. „Darf ich vorstellen? Das ist sie – die patentierte Blake-Spezial-Notfall-Lampe!“

„Es klappt!“, rief Joe begeistert. „Es sieht wirklich so aus, als ob die Lampe an- und ausgeht. Und der Spiegel reflektiert das Licht wirklich prima.“

„Gut. Es sollte ein paar Kilometer weit zu sehen sein, was meinst du?“ Sie zog die Lampe wieder aus dem Karton und blies die Flamme aus.

„Noch viel weiter.“

„Wäre noch besser, wenn wir höher liegen würden. Aber das Land hier ist viel zu flach. Sogar der Hügel hinter der Hütte ist ja nicht größer als ein Pickel.“

„Ja, die Lampe müsste höher stehen.“

„Viel höher. So hoch wie ein Leuchtfeuer.“

Er drehte sich abrupt um. „Was ist denn mit Black Bluff? Da müsste man sie doch bis zum Festland sehen können.“

„Das wäre klasse – wie ein Leuchtturm. Aber wer geht da jetzt schon mitten in der Nacht rauf?“

„Ich!“

Im nächsten Moment hätte sich Joe am liebsten auf die Zunge gebissen. Was um alles in der Welt hatte ihn bloß geritten, das anzubieten? War er noch bei Trost, die gefährlichen Klippen in der Dunkelheit und Kälte hochkraxeln zu wollen, nur um eine winzig kleine Lampe hinaufzuschleppen? Aber jetzt hatte er es gesagt. Jetzt konnte er nicht mehr zurück. Er wünschte sich, dass Meg ihn endlich anerkannte, und wenn er jetzt einen Rückzieher machen würde, würde sie wieder über ihn herziehen und ihn als Feigling verspotten.

„Ehrlich? Das würdest du machen?“, fragte sie überrascht.

Er schluckte. „Klar."

Sie spürte seine Zweifel. „Es ist hundekalt da oben und einsam, Joe – und gefährlich. Wir könnten zusam ..."

„Nein. Du bleibst hier", verteidigte er hartnäckig seinen Stolz. „Du musst bei deinem Vater bleiben."

Sie warf einen kurzen Blick hinüber zum Schlafzimmer. „Du hast Recht. Es ist besser so. Er muss reichlich Flüssigkeit kriegen und ab und zu muss er auch seine Arme und Beine bewegen. Das hab ich irgendwo gelesen. Er müsste in ein Krankenhaus, um richtig versorgt zu werden, weißt du, Tropf und Spritzen und alles."

„Gegen die Verbrennungen?"

„Ja." Sie zögerte und sah ihn ernst an. „Joe, was meinst du, wie viel von Dads Haut ist verbrannt?"

„Wie meinst du das?"

„Na, wie viel Prozent?"

„Nicht viel." Er überlegte einen Moment. „Wart mal – also, Gesicht, Hals, die Hände, ein bisschen die Beine, auf der Brust – und die Schultern. Hose und Jacke haben ihn geschützt."

„Wie viel?"

„Zehn oder fünfzehn Prozent."

„Bist du ganz sicher?"

„Mehr bestimmt nicht, eher weniger. Warum?"

„Wenn es mehr als dreißig oder vierzig Prozent wären, würde er wahrscheinlich sterben."

„So viel ist es garantiert nicht", machte Joe ihr Mut.

Er dachte noch einmal kurz nach. Plötzlich fiel ihm etwas ein. „Außerdem sind die Verbrennungen bestimmt nur an der Oberfläche. Er ist so schnell ins Wasser geschleudert worden, dass er gar nicht schlimmer verbrannt sein kann."

Meg legte ein Holzscheit nach, um das Feuer nicht ausgehen zu lassen. „Hoffentlich hast du Recht."

„Also – abgemacht", sagte Joe und trat hinüber zu dem Karton. „Du bleibst hier, und ich marschiere da rauf."

Er probierte einige Male, die Klappe auf- und zuzumachen. „Kurz-kurz-kurz, lang-lang-lang, kurz-kurz-kurz. Richtig?"

Sie lächelte. „Ganz genau. Wenn es nicht hundertprozentig klappt, ist es auch nicht schlimm. Jedes Schiff, das vorbeifährt, wird jedenfalls darauf aufmerksam, wenn du das Zeichen oft genug wiederholst. Und sie verstehen es schon."

Sie nahm seine trockenen Sachen und gab sie ihm. „Hier, zieh die an. Und nimm lieber beide Jacken mit, meine und deine, und den alten Bettvorleger gebe ich dir auch noch. Da oben zieht es richtig heftig. Saukalt ist es da, wie auf einem Eisberg."

Sie zündete am Feuer die Kerze an und holte den Bettvorleger. Dann brachte sie ihrem Vater noch ein Glas Wasser. „Ich bringe Dad was zu trinken. Solange kannst du dich hier umziehen."

Er zog so viele warme Sachen an, wie er nur konnte. Jeans, Hemd, Pullover, die beiden Jacken und über alles noch den Overall. Jetzt passte er ihm sogar, ausgefüllt durch die dicken Sachen darunter. Meg kam zurück, als er gerade die Träger festzurrte. Dann rollte er den Vorleger zusammen und drapierte ihn sich über die Schulter wie ein riesiges Halstuch.

„Fertig?“

„Ja.“

Sie gab ihm die zwei Schachteln Streichhölzer. „Nimm die mit! Der Wind wird die Lampe ein paarmal ausblasen, bevor du sie richtig ankriegst.“

„Danke“, sagte er.

„Kennst du den Weg noch?“

„Ich hoffe.“

„Der Mond ist nicht besonders hell. Achte darauf, wo du hintrittst.“

„Mach ich.“

„Komm auf gar keinen Fall zu weit nach rechts ab. Da gibt es loses Gestein direkt über den Klippen.“

Er nahm den Karton und die Lampe. „Na denn.“

Sie legte ihm eine Hand auf den Arm und schaute ihn aus ihrem gesunden Auge ernst an. „Hals- und Beinbruch! Und sei vorsichtig, Joe. Bitte, sei vorsichtig!“

Ihre Besorgnis gab ihm Auftrieb. „Wird schon schief gehen.“

„Und bleib nicht zu lange.“

„Na, so lange, bis jemand die Lampe gesehen hat.“

„Ich warte auf dich. Ich setz mich zu Dad und pass auf ihn auf.“

Joe machte sich schwerfällig auf den Weg. Dunkelheit umschloss ihn, als sei er plötzlich in eine riesige, pechschwarze Höhle getreten.

12

Joes Herz klopfte wild, als er sich auf den Weg machte. Er stolperte an den Zäunen entlang, immer weiter hinein in die stockfinstere Nacht. Obwohl sich seine Augen langsam an die Dunkelheit gewöhnten, war er nicht sicher, wo er hintrat. Seine Füße stießen dauernd gegen Steine oder Grasbüschel und sie erwischten zielsicher jede Furche und Vertiefung. Sein Rücken und der Hals wurden langsam steif und begannen zu schmerzen.

Er schleppte sich watschelnd und schlurfend voran, dabei immer den Karton und die Lampe fest an sich gedrückt. Die nächtliche Landschaft um ihn herum war fremd, die gewöhnlichsten Dinge wirkten bedrohlich. Nichts davon kam ihm bekannt vor, alles sah so anders aus. Die Schafweiden waren jetzt dunkle Seen, die Höhlen schwarze Schlünde, die Kuppen und das Hochland unscharfe Berge, die in den matten Sternenhimmel ragten.

Er fragte sich, wie er jemals auf die Idee gekommen war, dass die Insel der schönste Platz in Australien sei. Sie kam ihm jetzt bösartig und feindselig vor. Mehrmals dachte er daran umzukehren, denn er war eigentlich davon überzeugt, dass es für sein Unternehmen zu dunkel und die ganze Aktion insgesamt zu gefährlich und ohnehin sinnlos war. Nur die Angst, dass Meg ihn für einen Feigling halten könnte, und das Wissen, dass ihr Vater um sein Leben kämpfte und Hilfe brauchte, ließen ihn weitergehen. Endlich hatte er das Weideland hinter sich gebracht. Er stolperte durch Senken und über kleine Anhöhen und erreichte die Höhle, wo das Trinkwasser für die Schafe vor sich hin plätscherte.

„Sei vorsichtig da“, erinnerte er sich an Megs Worte. „Geh bloß nicht zu nah an den Morast und fall nicht in die Tröge. Es ist besser, wenn du dich weiter oben hältst.“

Aber wo war „weiter oben“? Er war verwirrt. Die unter ihm liegende Senke war noch schwärzer als schwarz, und die Sterne waren zu schwach, um ihm den Weg weisen zu können. Er hoffte, dass es keine offenen Brunnen hier gab oder Stellen mit Treibsand, denn dann würde er wohl seinen letzten Schritt getan haben.

Es war der Black Bluff selbst, der ihn vor dem Schlimmsten bewahrte. Joe sah seinen Umriss, der sich vom Himmel abhob, und erinnerte sich an den langen Hang, den Meg und er damals erklommen hatten. Dies war für ihn jetzt ein Anhaltspunkt, was die Richtung betraf. So konnte er den Wasserlauf meiden, die Höhle umgehen und etwas höher sicher weitergehen.

Nach großen Anstrengungen näherte er sich mühsam dem Gipfel und er fühlte sich klein wie ein Stecknadelkopf in dieser unermesslichen Urlandschaft. Oben angekommen, blies ihm ein scharfer Wind ins Gesicht, versetzte seinem Körper eine Art Faustschlag, ließ seine Kleidung wild flattern und riss sie ihm fast vom Leib. Das wilde Rauschen des Meeres schien sehr nahe, fast zu seinen Füßen, aber er wusste, dass es weit unter ihm lag, tief unter ihm in dieser undurchdringlichen Dunkelheit.

Er stellte den Karton mit der Lampe auf einem niedrigen Felsen ab und suchte in seinen Taschen nach den Streichhölzern. Dann kniete er sich hin, öffnete den Karton und zündete ein Streichholz an. Er konnte die Flamme nicht einmal sehen, so schnell hatte der Wind sie ausgeblasen. Er probierte es noch zweimal, aber beide Male pustete der Wind sie wieder aus, kaum dass Joe über die Zündfläche gestrichen hatte. Panik befiel ihn. Er hatte Angst, dass es ihm trotz seines beschwerlichen Aufstiegs nicht gelingen würde, auch nur ein einziges Signal zu geben.

Er nahm den Vorleger, den er um seine Schultern gelegt hatte, breitete ihn aus und drapierte ihn als kleines Zelt um den Karton. Dann kroch er mit Kopf und Schultern darunter. Nachdem er eine Weile herumgetastet hatte, gelang es ihm, ein Streichholz anzuzünden. Er hielt es lange an den Docht. Es reichte, um ihn aufflammen zu lassen, und Joe schob hastig das Glas darüber. Die Flamme brannte ruhig. Geschafft! Es hatte geklappt. Er jubelte innerlich. Dann schob er die Lampe vorsichtig unter das Loch, das Meg in den Karton geschnitten hatte, und drehte ihn so, dass die Seite mit der Klappe auf die Meerenge zwischen dem Festland und der Insel zeigte. Die Blake-Spezial-Notfall-Lampe konnte ihren Dienst tun.

Er stützte sich auf den linken Ellenbogen, nahm die Klappe in die rechte Hand und bewegte sie dreimal kurz hin und her, um drei Lichtblitze in die Welt zu senden. Kurz-kurz-kurz. Er hielt einen Moment inne und hob und senkte die Klappe dreimal langsamer. Lang-lang-lang. Wieder eine kurze Pause, dann erneut kurz-kurz-kurz. Er hatte ein vollständiges SOS geblinkt!

Nach ein paar Minuten entschloss er sich, die Signale zu zählen. Er begann laut mitzuzählen und murmelte vor sich hin: „Kurz-kurz-kurz, lang-lang-lang, kurz-kurz-kurz. Eins. Kurz-kurz-kurz, lang-lang-lang, kurz-kurz-kurz. Zwei …“ Bei zehn angekommen, unterbrach er die Signale einen Moment, zog den Vorleger enger um seine Schultern und schützte seine Ohren und den Hals vor der schneidenden Kälte. Nach weiteren zehn Signalen drehte er den Karton etwas. Er sagte sich, dass es falsch wäre, immer nur in eine Richtung zu blinken, weil ein Schiff die Zeichen auf diese Art nur sehr kurz empfangen könnte.

Bald hatte Joe bis einhundert gezählt. Langsam wurde er starr vor Kälte. Sein rechter Arm war lahm und er war völlig durchgefroren. Er stand auf, streckte sich und linste durch das Loch in die Lampe. Sie brannte weiterhin ruhig und gleichmäßig, aber er hatte keine Ahnung, wie lange das Kerosin noch reichen würde, vor allem, weil der Tank schon zu Beginn nicht einmal halb voll gewesen war. Der Gedanke, dass er womöglich bald gar kein Licht mehr haben würde, versetzte ihn in Panik.

Er rieb mit aller Kraft seine Hände und die Wangen, hauchte in die Handflächen und kniete sich wieder hin, um nochmals seine Signale zu geben. Er rechnete sich aus, dass er bei fünf oder zehn Sekunden Pause zwischen den einzelnen Zeichen jeweils vier in einer Minute oder zwanzig in fünf Minuten blinken könnte. Einhundert Signale würden also eine halbe Stunde dauern.

Nun veränderte Joe ständig die Richtung des Kartons. Er versuchte, die Lage von Cockle Bay herauszufinden, um die Signale in diese Richtung zu senden. Aber er sagte sich gleich darauf selbst, dass dies wohl ziemlich dumm sei. Es hätte schon eines Leuchtturms bedurft, um das Festland zu erreichen. Was konnte er denn von einer Stalllampe in einem Karton groß erwarten?

Joe spürte, wie ihm die Kälte bis in die Knochen drang. Es kostete ihn mehr und mehr Überwindung weiterzumachen. Immer weniger Signale hatte er jetzt zwischen den Warmmachpausen gegeben – zuerst zwanzig, dann zehn, dann nur noch fünf. Aber er hielt tapfer die nächsten einhundert durch. Er saß zusammengekauert, in seinen Vorleger gewickelt, geduckt wie ein verletztes Tier in einem Versteck. Die Wunde an seinem Finger schmerzte furchtbar in dieser eisigen Kälte. Ein glühender, pulsierender Schmerz durchzog ihn, als würde ein Zahnstocher unter seinen Fingernagel geschoben.

Joe fühlte Hoffnungslosigkeit in sich aufsteigen. Was sollte das alles? Wer würde denn schon so ein kleines Licht in dieser endlosen Weite des Ozeans sehen? Verstimmt nahm er den Karton und hielt ihn nach Westen, in die Richtung der Bucht. Er sandte seine Signale jetzt aus wie Klageschreie. SOS! schrie das Licht, SOS! SOS! SOS! Schluchzend drehte er die Lampe nach Süden, hin zur Einöde der Antarktis, dann nordwärts zum Festland.

Vor seinem geistigen Auge spielten sich wunderbare Rettungsszenen ab. Bilder gingen ihm durch den Kopf von großen Schiffen, die an der Insel vorbeifuhren, von Dampfern, die noch in der Nacht auf Wayward zuhielten. Alle antworteten sie ihm mit Lichtzeichen. Er verstand sie zwar nicht, aber das war unwichtig. Die Botschaft war immer dieselbe und nur zu deutlich: Seine Morsezeichen waren gesehen worden und Hilfe war unterwegs.

Aber die raue Wirklichkeit holte Joe schnell wieder ein – die Kälte, der Schmerz, die Verlorenheit. In seiner Verzweiflung nahm er gar nicht mehr wahr, ob er das SOS noch richtig blinkte, ob er vielleicht zuerst die langen und in der Mitte die kurzen Lichtblitze aussandte. Eine heftige Böe blies über die Bergkuppe und warf den Karton und die Lampe um. Die Flamme flackerte wie in Panik. Joe zerrte seinen eigentümlichen Morseapparat ein paar Meter weiter in den Windschatten eines Felsens, den er erst jetzt im Lichtschein erkannt hatte. Der Felsen war niedrig, nicht größer als ein Schaf, bot ihm aber doch ein wenig Schutz. Dort lag er, einen Arm um den Karton gepresst, in den Vorleger gehüllt und dachte nach.

Nach einer langen Weile entschloss sich Joe, noch einmal einhundert Signale auszusenden. Wer konnte schon wissen, wie nah oder wie weit ein rettendes Schiff entfernt war? Vielleicht kam gerade ein Containerschiff vorbei oder ein Tanker, der am Horizont kreuzte. Vielleicht war die Mannschaft wach und aufmerksam und sah seine Lichtblitze.

Oder ein Tunfischkutter war gerade von seinem letzten Fang für diese Saison unterwegs nach Cockle Bay. Vielleicht stand sogar Stewy Sampson oder Mick Mareolas im Ruderhaus. Einer von ihnen würde möglicherweise das Licht auf dem Black Bluff sehen und seine Botschaft sofort erkennen – das weltweite Notsignal: Save our souls! Rettet unsere Seelen! Joe wusste, dass er es noch einmal probieren musste. Er würde noch einen Augenblick warten und es dann nochmals versuchen.

Es war idiotisch, überlegte er, die Lampe in der Zeit, in der er hier pausierte, brennen zu lassen. Was würde Meg sagen, wenn die Lampe gerade dann ausging, wenn ein Schiff vorbeifuhr? Er drehte die Flamme zurück und blies sie durch das Loch im Karton aus. Die kleine Flamme erstarb sofort. Tiefste Schwärze umgab ihn wieder.

Er saß bewegungslos da und starrte ins Dunkel. Die Nacht war voller Bedrohungen. Der Wind heulte um die Klippen, die See toste gewaltig, das hohe Gras wurde vom Wind gepeitscht und gegen den felsigen Boden gedrückt. Und es gab noch eine Menge anderer Geräusche, die Joe fremd waren und die er nicht identifizieren konnte. All diese unbekannten Geräusche waren Teil des heimlichen Treibens in der Nacht. Joe drehte sich abrupt um. War da nicht ein Rascheln direkt hinter ihm? Bewegte sich da nicht etwas? Aber es war so dunkel, dass er kaum die eigene Hand vor Augen erkennen konnte.

Ihm lief es heiß und kalt über den Rücken. Geister? Hatte Onkel Harry nicht von einem Walfischfänger erzählt, der von den Klippen gestürzt war? War er womöglich gestoßen worden, ermordet in dieser unwirtlichen, einsamen Gegend, und wanderte sein Geist jetzt rachsüchtig hier oben herum? Und das Mädchen, das in der Hütte gestorben war? Die Matrosen, die ertrunken waren? Solch einen Platz wie den Gipfel des Black Bluff würden die Geister bestimmt aufsuchen, um ihr Unwesen zu treiben.

Joe hielt es nicht länger aus. Seine Nerven waren zum Zerreißen gespannt. Er tastete nach den Streichhölzern und zündete die Lampe wieder an. Als er das Streichholz gegen den Docht hielt, sah er, dass seine Hand zitterte. Er fühlte sich machtlos. Er war ja nicht mehr als ein Staubkorn in der Unendlichkeit des Ozeans. Selbst die Insel war nicht größer als eine Brotkrume im Universum. Wie konnten die Menschen nur so anmaßend sein, sich in dieser Unermesslichkeit derart wichtig zu nehmen? Wie konnten sie nur glauben, dass alles von ihnen abhinge? Und wie konnten Meg und er bloß glauben, dass Onkel Harry gerettet würde?

Joe zog sich den Vorleger wieder eng um seine Schultern, kniete neben seinem lächerlichen Karton nieder und begann das Trauerspiel von vorn: SOS, SOS, SOS. Sein Finger brannte, der Arm wurde lahm und der Wind trieb ihm Tränen in die Augen. Immer wieder musste er sie mit dem Handballen abwischen, sonst hätte er nicht einmal ein Schiff gesehen, das geradewegs vor seiner Nase aufgetaucht wäre. Aber vielleicht waren es ja nicht nur Tränen vom Wind, sondern auch Tränen der Enttäuschung, der Angst und der Verzweiflung.

Er hätte hinterher nicht mehr sagen können, wie er nochmals einhundert SOS geschafft hatte. Er fühlte sich wie bei der Besteigung eines Berges, dessen Gipfel niemals zu erreichen war. Er kämpfte sich durch bis zu zwanzig, dann dreißig Signalen. Es wäre so einfach gewesen aufzugeben. Er hätte sagen können, er habe alles versucht. Er hätte zur Hütte zurückgehen können. Zurück zu Meg und dem wärmenden Feuer in der Küche. Das Feuer – allein der Gedanke daran ließ ihn fast weich werden. Aber dann erinnerte er sich an sein Versprechen, das er Meg gegeben hatte, an seine Verantwortung und an seine Pflicht gegenüber Onkel Harry. Er biss die Zähne zusammen. Vierzig. Er wickelte sich noch enger in den Vorleger. Fünfzig. Das war die Hälfte. Es war die Zahl, die ihn wieder anspornte. Er stand aufrecht im Wind, trotzte der Kälte, trocknete sich laufend die Augen, rieb die Wangen und lief zwischendurch mit schnellen Schritten umher, um die Blutzirkulation in Gang zu halten.

Er fragte sich, warum er seine Signale nicht noch zusätzlich in den Himmel sandte. Da mussten doch Flugzeuge unterwegs sein, die zwischen Adelaide und Perth pendelten und die direkt über ihm fliegen mussten. Aber den Gedanken verwarf er gleich wieder. Die Lampe würde nur nach hinten kippen, das Glas schwarz werden vom Ruß und möglicherweise sogar kaputtgehen und der Docht wäre zu weit vom Tank entfernt. Also musste er weitermachen wie bisher.

Joe arbeitete sich langsam bis auf sechzig Signale heran. Er war jetzt so durchgefroren, dass ihm selbst das Zählen schwer fiel. Siebzig. Seine Armbewegungen liefen so automatisch ab wie die eines Roboters, sein Zählen war so mechanisch wie das einer Rechenmaschine. Fünfundsiebzig. Doch er hielt verbissen durch, unbarmherzig gegen sich selbst. Nun dachte er nicht mehr ans Aufgeben. Endlich hatte er sein Zahlenziel erreicht – die magische Zahl Einhundert, den höchsten Punkt. Er stand auf und spähte noch ein letztes Mal in die Dunkelheit, dann blies er die Lampe aus, nahm den Karton und machte sich an den Abstieg, den Kamm des Black Bluff hinunter zur Hütte.

Joe wusste, dass er nichts erreicht hatte. Niemand hatte dem Licht geantwortet, niemand hatte es überhaupt gesehen. Aber er hatte es versucht. Gott wusste, dass er es versucht hatte, aber die Welt hatte ihn ignoriert. Vielleicht hatte er ja auch zu viel erwartet – was war die kleine Lampe schon im riesigen Ozean? Genauso gut hätte man im All ein Streichholz anzünden und auf der Erde jemanden fragen können, ob er die Flamme gesehen habe.

Zweimal stürzte er auf dem Rückweg, aber zum Glück blieben Lampe und Spiegel heil. An den Tränken verirrte er sich und hatte große Mühe, den Weg wieder zu finden. Er war schon mindestens hundert Meter in die falsche Richtung gegangen, bis er es merkte. Also musste er wieder zurück, um auf die richtige Seite der Insel zu kommen. Aber auch jetzt war Joe sich nicht sicher, wo er war, bis er ein kleines Licht entdeckte, das fast direkt vor ihm aufleuchtete. Meg musste wohl die Kerze ins Fenster gestellt haben, um ihm den Weg zu weisen. Seine Beine wurden nun wieder etwas leichter und er beschleunigte seinen Schritt. Plötzlich verstand er die alten Geschichten von Lichtern im Fenster, die Fischer auf See oder Jäger beim Abstieg vom Berg nach Hause geleiteten.

Meg erwartete ihn schon an der Tür. Sie hatte nicht geschlafen. Die meiste Zeit hatte sie bei ihrem Vater gesessen und ihn mit zusätzlichen Decken warm gehalten. Immer wieder hat er zwischendurch fantasiert und sie war ständig zwischen ihm und der Küche hin- und hergerannt, um Wasser heiß zu machen oder das Feuer in Gang zu halten. Sie schaute Joe fragend an, als er den Vorleger abwarf und den Karton auf den Tisch stellte.

„Und?“

Er schüttelte den Kopf. „Nichts – absolut nichts.“

Auch wenn sie nicht viel erwartet hatte, hatte sie doch die stille Hoffnung gehabt, dass die Signale gesehen würden. „Den Versuch war es auf jeden Fall wert“, sagte sie enttäuscht.

„Wie geht’s Onkel Harry?“

„Miserabel.“

„Ich hätte länger oben bleiben sollen. Aber ich hab es nicht mehr ausgehalten.“

„Du warst lange genug da. Ich hab mir schon Sorgen gemacht. Ich durfte gar nicht dran denken – du da oben allein auf den Klippen.“

„Da zieht mich auch nichts mehr hin.“

„Bleib hier am Feuer und tau erst mal auf. Willst du Tee?“

„Alles, was warm ist", antwortete er begeistert. „Egal was – Hauptsache etwas für meinen Magen. Der knurrt wie verrückt."

„Wir müssen wahrscheinlich noch eine ganze Weile hungern", sagte sie kläglich.

Joe stand am Feuer und wärmte sich auf. Als sie den Wasserkessel von der Kochstelle nahm, fiel das Licht vom Feuer auf ihr Gesicht und beleuchtete ihren Bluterguss – die gequetschte, blauschwarze linke Hälfte, das geschlossene Auge und die Schwellung.

„Du siehst furchtbar aus", sagte er, „du solltest dich hinlegen."

„Ich wollte auf dich warten."

Er beobachtete sie, als sie an ihrem Tee nippte. Sie war wirklich eisern. Viele Leute in ihrer Situation hätten schon längst das Handtuch geworfen. Er erinnerte sich, gehört zu haben, dass Frauen und Mädchen Schmerzen besser aushielten, dass sie eher mit Notlagen fertig würden, dass sie so etwas besäßen wie enorme innere Stärke. Meg war wohl genauso. Sie bewies es hier.

Joe schlürfte seinen Tee und Meg schaute noch einmal nach ihrem Vater. „Er scheint ein bisschen entspannter zu sein", sagte sie. „Vielleicht liegt er ja auch schon im Koma." Sie hielt inne. „Du legst dich besser hin. Es ist nach Mitternacht. Nimm den Vorleger!"

„Und du?"

„Ich lege mich auch hin, hier vors Feuer."

Er stieß gegen den Türrahmen, als er in sein Zimmer wollte.

„Findest du dich zurecht?“, fragte sie leise. „Das Bett steht unterm Fenster.“

„Ich mach ein Streichholz an.“

Ein paar Minuten später waren sie beide in tiefen Schlaf gefallen. Draußen wölbte sich der Nachthimmel gleichgültig über die kleine Hütte. Das Holz knarrte im Wind, die Insel duckte sich unterwürfig im Ozean. Sie waren in einem Gefängnis aus Einsamkeit und Stille eingeschlossen, und niemand auf der ganzen Welt hatte die leiseste Ahnung von ihrem Schicksal.

13

Als Joe am Morgen aufwachte, war Meg schon wieder fleißig. Sie hatte bereits das Feuer erneut entfacht, Wasser heiß gemacht, sich gewaschen, Holz gesammelt, die Notsignale überprüft und in der Scheune herumgestöbert. Natürlich hatte sie sich auch schon um ihren Vater gekümmert. Er war zwar bei Bewusstsein und hatte auch ein paar Worte mit ihr gewechselt, aber er schien immer noch sehr verwirrt zu sein. Er hatte unerträgliche Schmerzen, sein Mund war völlig ausgetrocknet und die Lippen waren aufgesprungen.

Joe hatte ein schlechtes Gewissen, als er in die Küche kam. „Tut mir Leid“, sagte er. „Ich hab geschlafen wie ein Murmeltier.“

„Für diesmal verzeihe ich dir gerade noch“, entgegnete sie munter.

Er hatte den Eindruck, dass der Bluterguss etwas zurückgegangen und ihr Auge nicht mehr ganz so geschwollen war. Aber vielleicht bildete er sich das alles auch nur ein, jetzt, bei Tageslicht, nachdem er sie gestern Abend immer nur im schwachen Lichtschein des Feuers gesehen hatte.

„Bleib du hier bei Dad“, sagte Meg, „falls er nach irgendwas verlangt.“

„Wieso? Wo gehst du denn hin?“, fragte er überrascht.

„Ich organisiere mal Frühstück.“

„Würmer und Raupen?“, gluckste er.

„Nee, Fisch. Weißfisch.“

Er starrte sie an. „Fisch? Hast du eine Angel gefunden?“

Sie nahm eine verrostete Keksdose vom Tisch und hielt sie ihm vor die Nase. „Das fiel mir heute Nacht ein. Herk hat sie vor langer Zeit drüben im Schuppen vergessen. Da sind ein paar Haken, einige Senker und zwei Angelschnüre drin. Ich probiere es mal vom Landesteg, da haben wir schon öfter Glück gehabt.“

„Und was ist mit den Ködern?“

„Muscheln.“

Er sah sie bewundernd an. „Also echt, Meg, du bist wirklich sagenhaft.“

Sie wandte sich zum Gehen. „Ich hoffe, es dauert nicht lange.“

„Für mich zwei“, rief er ihr nach, „zwei ganz große, bitte! Ich hab so einen Hunger, ich könnte glatt Narbengesicht verdrücken!“

Der Gedanke an Essen verursachte Joe Magenschmerzen. Er fragte sich, wie sich wohl hungernde Menschen fühlen; Menschen, die sich im Dschungel verirrt haben oder auf einer Insel gestrandet sind. Aber was dachte er denn da? Sie waren ja auf einer Insel gestrandet, freilich nicht völlig hilflos ihrer Situation ausgeliefert, und ganz ohne Nahrung waren sie auch nicht. Abgesehen von dem Fisch, den Meg gerade zu angeln versuchte, gab es noch Muscheln im Sand, Schnecken an den Tümpeln, junge Vögel und Eier auf den Klippen. Und da waren ja auch noch die Schafe – er konnte ein paar nahe bei der Hütte grasen sehen. Er bezweifelte zwar, dass er eines töten und abhäuten könnte, aber Meg wäre dazu im Ernstfall bestimmt fähig. Sie schien irgendwie alles zu können.

Onkel Harry stöhnte und hustete. Er hatte die Augen geöffnet. Joe, der zu ihm geeilt war, fühlte sich unbehaglich und schrecklich hilflos.

„Hallo", sagte er krampfhaft lächelnd.

„Bist du es, Meg?"

„Nein, ich bin's, Joe."

„Schöner Schlamassel", sagte Onkel Harry nach einer langen Pause. Seine Stimme hatte etwas von Krächzen und Flüstern gleichzeitig. „Immer hab ich gepredigt: Vorsicht mit dem Benzin! Vor allem auf See. Guck genau hin, was du tust!"

Das stimmte. Joe wusste, dass niemand sorgfältiger mit Benzin umging als Onkel Harry – nicht nur auf dem Kutter, sondern auch in der Tankstelle. Und nun hatte er sich selbst in die Luft gejagt. Er war nur ein bisschen unachtsam gewesen und das war ihnen allen zum Verhängnis geworden.

„Wir müssen weg hier, Meg", sagte er.

„Joe."

„Ja."

Joe versuchte ihn zu beruhigen. „Es wird nicht lange dauern, Onkel Harry. Irgendjemand holt uns. Ganz bestimmt!"

Er betrachtete das Gesicht und die Hände seines Onkels ganz genau. Sie waren nicht allzu schlimm verbrannt. Bei schweren Verbrennungen sieht das Fleisch furchtbar grau und aschfahl aus, hatte Joe einmal gehört. Das war zum

Glück bei Onkel Harry nicht der Fall. Auch hatte er nicht viele rote, wässrige Brandblasen, wie sie sich beim zweiten Verbrennungsgrad einstellen. Und die verbrannten Stellen waren nicht allzu groß. Natürlich sah Onkel Harry schrecklich aus fast ohne Haare, ohne Augenbrauen und Wimpern und mit seinen versengten Lippen. Joe betete inständig, dass er nicht sterben würde. Er wusste, dass der Onkel gerettet werden könnte, wenn er nur schnell genug in ein Krankenhaus käme. Es sei denn, er hatte so viel Benzindampf eingeatmet, dass dadurch das Feuer über die Nase in die Lunge gelangt war. Dann hatte die Explosion mit Sicherheit auch Onkel Harrys Lungengewebe zerstört. Joe hoffte, dass Onkel Harry gar nicht genug Zeit gehabt hatte, allzu viel Dampf einzuatmen.

„Kein Funk“, sagte Onkel Harry plötzlich.

„Nein.“

„Nicht hier in der Hütte. Nur auf der Seahorse.“

„Die Seahorse ist untergegangen.“

Onkel Harry seufzte tief, als müsste er sich an einen sehr schmerzhaften Gedanken gewöhnen. Obwohl seine Konzentration ab und zu nachließ, konnte er sich doch an einiges erinnern. „Wer hat das Floß ausgesetzt?“

„Ich.“

„Aus dem Kasten?“

„Ja, bevor der Kutter unterging.“

„Rechtzeitig?“

„Ja.“

Sein Onkel schien erfreut. „Gut gemacht, Joe.“

Joe schaute unwillkürlich auf seinen abgerissenen Fingernagel. Der Schmerz pochte heftig in der nässenden Wunde. Diese Verletzung würde ihn wohl noch eine Weile an diesen Unfall erinnern.

„Wie lange sind wir schon hier?“, fragte Onkel Harry, nachdem er wieder längere Zeit geschwiegen hatte.

„Seit gestern Mittag.“

Es dauerte, bis Onkel Harry die Antwort wirklich verstanden hatte. „Und jetzt warten wir auf ein Boot?“

„Ja, auf Stewy oder Mick oder sonst jemanden.“

Onkel Harry zuckte plötzlich heftig zusammen, als würde sein Körper von einer Schmerzwelle geschüttelt. Er wimmerte. Joe trat besorgt einen Schritt näher. „Alles in Ordnung, Onkel? Willst du irgendwas? Eine Schmerztablette oder so?“

Onkel Harrys Atem ging rasselnd. „Nein ... ist schon gut, Joe. Lass mich jetzt ein bisschen allein, ja?“

Joe schlich sich aus dem Zimmer. Er ging vor die Hütte und überlegte, ob er zu Meg gehen sollte, um nachzusehen, ob sie etwas gefangen hatte. Da sah er sie aber schon auf die Hütte zukommen. Sie hatte drei große Fische an einem Drahtring befestigt, den sie zwischen den Zähnen trug. Sie benutzte nicht den üblichen Weg, der vom Landesteg zur Hütte führte, sondern rannte einen alten Pfad hinter der Hütte entlang. Er winkte ihr in Erwartung des lang ersehnten Frühstücks zu.

Aber sie winkte nicht zurück und schwenkte auch nicht fröhlich ihre Beute, sondern rannte weiter auf ihn zu. Er sah sofort, dass etwas nicht stimmte.

„Meg“, sagte er angsterfüllt, „was ist los, Meg?“

Sie kam schwer atmend vor ihm zum Stehen. „Oh, Joe."

Panik ergriff ihn. „Meg, jetzt sag endlich, was los ist!" Es war ihm klar, dass etwas Schlimmes passiert war. „Los, raus mit der Sprache!"

„Oh, Joe", wiederholte sie und versuchte, zu Atem zu kommen. „Joe, ich hab Mop gefunden."

Joes Herz machte einen Freudensprung. „Mop? Lebt er?"

Sie sah ihn traurig an und schüttelte den Kopf. Seine Hoffnung zerplatzte wie eine Seifenblase. „Nun sag!"

„Komm mit."

Nachdem Meg die Fische in die Hütte gebracht hatte, ging sie den Weg zurück, den sie gekommen war. Joe folgte ihr und malte sich aus, was er zu sehen bekommen würde. Schreckliche Bilder gingen ihm durch den Kopf. Als sie den Hügel erreicht hatten, wich Meg vom Pfad ab und wandte sich nach links. Der Boden hier schien unberührt. Grasbüschel und große Sandflächen wechselten sich ab.

Auf einer dieser Sandflächen lag etwas Dunkles. Zuerst dachte Joe, es sei ein großer Haufen Tang oder Algen, von der Flutwelle angespült oder vom Wind dorthin geweht. Aber dann bemerkte er eine lange Spur im Sand, als habe sich dort etwas entlanggeschleppt oder sei durch den Sand gekrochen. Beim Näherkommen machte Joe Beine aus, die aus dem Haufen herausragten, dann eine Schnauze und zwei Schlappohren. Es war der Körper eines Hundes. Es war Mop.

Mit einem Aufschrei warf Joe sich neben ihm nieder. Er hob Mops Kopf an und hoffte, dass er sich bewegen würde, ihm mit einem Auge zublinzeln, dass ihn die Schnauze auf ihre ganz spezielle Weise anlächeln würde. Aber der Kopf lag leblos in seiner Hand. Joe fuhr mit den Fingern durch das verkohlte Fell, dann nahm er eine verbrannte Pfote in seine Hände.

„Er ist tot, Meg", schluchzte er. Für Joe gab es kein schmerzvolleres Wort.

„Er ist noch nicht lange tot", flüsterte Meg. „Sein Körper ist noch warm."

Dicke Tränen kullerten Joe über die Wangen. „Wie ... wie hast du ihn gefunden?"

„Ich hab seine Spur im Sand gesehen. Er muss gestern irgendwann noch lebend hier angespült worden sein und hat versucht, zur Hütte zu kriechen."

Joe war am Boden zerstört. „Oh, nein! Er war wahrscheinlich die ganze Nacht hier! Ich hätte ihn noch retten können!"

Sie schüttelte den Kopf. „Er wäre so oder so gestorben, Joe. Er ist viel zu verbrannt. Und laufen konnte er auch nicht richtig. Ich vermute, dass seine Hüfte gebrochen ist."

Joe strich mit seinem Kopf mehrmals über Mops Gesicht. „Oh, Mop", sagte er. „Armer Mop. Und alles ist meine Schuld."

„Ist es nicht."

„Doch. Ich hätte ihn niemals auf diese Fahrt mitnehmen dürfen."

Joe saß da wie ein Häufchen Elend und sah Meg an. Die

Tränen strömten jetzt nur noch so über sein Gesicht und hinterließen glänzende Streifen auf der Nase, hingen zitternd an den Lippen und tropften ihm vom Kinn. Meg schniefte, auch sie musste nun weinen. „Wir müssen ihn begraben, Joe.“

„Lieber alter Mop!“ Joe starrte auf dieses verkohlte Etwas, das einmal der springlebendige Mop gewesen war. „Er wollte zu uns, Meg – er wollte sich bis zu uns schleppen. Er wusste, wo wir waren. Er hat es versucht und versucht – und hat es nicht mehr geschafft.“

„Er wollte zu dir, Joe. Er wollte bei dir sein bis zum Ende. Du warst der einzige wirkliche Freund, den er je gehabt hat. Er hat dich geliebt, Joe.“

Joe wollte etwas sagen, aber er bekam es nicht heraus. Wieder schüttelte ihn ein Weinkrampf, und seine Schultern zuckten. Dann versuchte er es noch einmal. „Er war mein Freund, Meg.“

„Ich weiß“, nickte sie. Sie streckte ihm eine Hand hin. „Komm, wir sollten jetzt lieber gehen.“

Langsam stand Joe auf und wischte sich die Augen.

„Wir kommen bald zurück“, versprach Meg. „Zuerst sehen wir mal nach Dad. Vielleicht kann er schon ein bisschen Fisch essen.“ Mit hängenden Köpfen gingen sie zur Hütte zurück.

Später am Vormittag begruben sie Mop. Joe hatte eine Hacke und eine kleine Schaufel mitgebracht und hob ein kleines Grab auf dem Hügel aus, der die Bucht überragte. Dann trugen sie Mop vom Strand herauf und ließen ihn sanft in die Kuhle gleiten. Joe begann, ihn mit Erde zu überdecken, aber als die erste Schaufel auf Mop fiel, schossen ihm wieder Tränen in die Augen, sodass er nicht mehr sehen konnte, was er tat. Meg nahm ihm die Schaufel aus der Hand. „Ich mach weiter“, sagte sie, doch Joe schüttelte den Kopf. „Er hätte sicher gewollt, dass ich es tue, Meg.“ Sie wusste, wie Joe zu Mute war und gab ihm bereitwillig die Schaufel zurück.

Als Joe fertig war, klopften sie die Ränder des kleinen Grabhügels fest und steckten einen Pfahl in seine höchste Stelle. Dann ritzte Joe mit seinem Taschenmesser MOP in ein Stück Holz, das er im rechten Winkel mit Draht an dem Pfahl befestigte.

„Eines Tages komme ich wieder. Dann kriegst du ein richtiges Schild aus Kupfer. Das hält dann die nächsten hundert Jahre“, versprach Joe, nachdem sie noch eine Weile schweigend vor dem Kreuz gestanden hatten.

Sie machten sich wieder auf den Weg zur Hütte. Nach etwa der Hälfte blieb Joe stehen und schaute zurück. Das Kreuz hob sich ganz klar vom Himmel ab.

„Ich glaube, Mop ist da glücklich“, sagte er. „Das Land hier ist offen und frei, unterhalb liegt die Bucht, und Sand und Meer hat er immer geliebt.“

„Das glaube ich auch“, antwortete Meg und drückte seinen Arm.

Den ganzen Tag über gab es nicht das geringste Anzeichen dafür, dass ein glücklicher Zufall ihnen helfen wollte. Es war kein Schiff zu sehen, kein Kutter vom Festland ließ sich blicken und kein einziges Flugzeug zog seine Kreise. Joe und Meg erneuerten und vergrößerten das SOS-Zeichen vor der Hütte und bastelten eine noch größere Flagge für den Schornstein. Dann sammelten sie wieder Holz und saßen lange gedankenversunken an Onkel Harrys Bett.

Im Lauf des Vormittags schlug Joes Stimmung dauernd um. Die Verzweiflung verwandelte sich in Hoffnung und ohne Anlass wurde die frisch gewonnene Zuversicht wieder zu Angst und Verzweiflung. Manchmal schien Onkel Harry kräftig genug, um zu überleben, dann wieder hatte es den Anschein, als würde er jeden Moment sterben. Joe saß wie versteinert da und fragte sich, was sie in diesem Fall wohl tun sollten. Sollten sie ihn wie Mop begraben und das Grab mit einem Kreuz markieren? Was sollten sie Tante Ellen erzählen, wenn er und Meg gerettet würden – wenn sie überhaupt jemals gerettet würden? Das Nachdenken darüber ließ Joe schwermütig werden. Er stand auf und ging ins Nebenzimmer, er wollte allein sein.

Mittagessen gab es nicht. Sie mussten von der Erinnerung an den Fisch vom Frühstück zehren. Joe wollte zwar angeln gehen, aber Meg erklärte ihm, dass Ebbe sei und sie es erst später am Nachmittag wieder probieren könnten.

Sie hockten in der Küche und polierten das Glas der Lampe, um sie für die Nacht vorzubereiten. Meg sagte, dass sie heute dran sei, auf den Black Bluff zu gehen. Davon wollte Joe jedoch nichts hören. Sie wurde böse und sagte, er sei wohl dagegen, weil sie ein Mädchen war.

„Nein, nein, nicht deswegen“, sagte er schnell.

„Sondern?“

„Weil nicht mal mehr so viel Kerosin in der Lampe ist, wie in einen Eierbecher passt. Du würdest nur raufkraxeln, könntest die Lampe einmal kurz in jede Richtung halten und müsstest wieder runter.“

Sie gab Joe Recht. „Aber wir sollten das bisschen, das noch drin ist, irgendwie nutzen, meinst du nicht?“

„Ja, hier unten.“

„Auf dem Dach?“

„Nein, auf dem Hügel an der Bucht – an der Stelle, wo wir ...“ Joe brach seinen Satz ab. Er war nicht fähig, „wo wir Mop begraben haben“ zu sagen.

„Wo wir was?“

„Wo wir heute waren.“

„Einverstanden“, nickte sie. „Ich mach mich auf die Socken, sobald es dunkel ist.“ Sie sah ihn an. „Ehrlich gesagt, ich bin ganz froh, dass ich da nicht hochstiefeln muss. Ich würde mich zu Tode ängstigen.“ Sie hielt inne. „Hattest du keine Angst, Joe?“

Erst wollte er den starken Mann markieren, aber dann sah er ein, dass dies nichts weiter als eine dumme Lüge gewesen wäre. „Ich bin fast gestorben vor Angst“, gab er zu.

„Vielleicht tut es der Hügel an der Bucht ja auch.“

Joe hatte mittlerweile alle Hoffnung aufgegeben. „Ich wette, das bringt überhaupt nichts. Wir könnten genauso gut mitten im Pazifik sitzen oder in der Sahara – es käme aufs Gleiche raus.“

„Vielleicht haben wir Glück.“

„Bestimmt nicht. Ich möchte bloß mal wissen, was die Fischer von Cockle Bay gerade so machen. Wahrscheinlich sind die alle gleichzeitig ins Landesinnere aufgebrochen. Und was ist mit Andy Jones? Er müsste doch langsam etwas merken."

„Nicht vor morgen oder Donnerstag."

„Es müsste ihn doch interessieren, ob wir die Schafe verladen haben oder nicht."

Sie sah ihn bedeutungsvoll an. „Darüber hab ich auch schon nachgedacht. Ich denke, wir sollten uns gleich morgen dranmachen und den Leichter vorbereiten."

„Ich verstehe nicht ganz", sagte Joe verwirrt.

„Wir könnten die hundert Mutterschafe heraussuchen, die verkauft werden sollen, und sie einpferchen. Dann könnten wir den Leichter von seiner Anlegestelle holen, sodass er schon fertig ist zum Verladen. Wenn dann ein Kutter kommt, um uns zu holen, treiben wir die Schafe rauf und nehmen sie ins Schlepptau."

„Das ist doch verrückt. Das schaffen wir nicht allein."

„Wer soll es denn sonst machen? Dad?"

„Natürlich nicht."

„Also?"

„Dann machen wir es eben ein andermal."

„Ein andermal ist zu spät. Dad braucht die dreitausend Dollar, erinnerst du dich? Und zwar am Freitag."

„Aber wir wissen doch gar nicht, welche Schafe. Vielleicht suchen wir die falschen aus."

„Wir brauchen junge Mutterschafe – einhundert Stück. Die sind einfach rauszufinden."

„Ich glaube nicht, dass ich das kann."

„Du wirst doch wohl den Unterschied zwischen einem Mutterschaf und einem Bock erkennen?", spottete sie.

„Schon."

„Na also."

„Gibt es nicht noch andere?"

„Ein Hammel ist ein kastrierter Bock", lachte sie, „aber davon haben wir nicht viele. Egal, das kann ich ja machen, wenn du mir hilfst, sie in die Gatter zu kriegen."

„Na klar", nickte er, immer noch verwirrt.

Am Nachmittag erklommen sie einen Hügel um den anderen, sogar das Dach der Hütte oder das der Scheune oder den Hügel an der Bucht. Von da aus spähten sie übers Meer, hielten die Hände über ihre Augen gegen die blendende Sonne und suchten den Horizont Zentimeter für Zentimeter nach irgendeinem Lebenszeichen ab – einem Schiffsrumpf, einem Mast, einem kurzen Aufblitzen. Aber da draußen war nichts.

Gegen vier Uhr brachte Meg ihrem Vater heißen Tee. Er hatte zum Frühstück ein Häppchen Fisch zu sich genommen, aber nur unter Schmerzen schlucken können. Jetzt schien er den Tee zu genießen. Das war ein gutes Zeichen. Er atmete auch ziemlich gleichmäßig, was darauf hindeutete, dass der Rachen und die Lunge nicht geschwollen oder angegriffen waren. Aber so viel Anlass es zur Hoffnung gab, so viel Grund gab es für neuerliche Sorgen. Der Vater war sehr schwach. Wenn sich eine Infektion ausbreitete, konnte sich sein geschwächter Körper wohl kaum dagegen wehren. Sie könnten nichts, aber auch gar nichts tun, während er vielleicht langsam starb.

Meg und Joe waren ebenfalls schon richtig schwach vor Hunger, also machten sie sich wieder mit Herks Keksdose auf zum Landesteg. Das Rettungsfloß lag am Strand, da, wo sie es liegen gelassen hatten. Das brachte Joe auf eine Idee. „Wenn wir vom Landesteg kein Glück haben, könnten wir es doch vom Floß aus versuchen."

Meg grinste. „Und wer zieht es wieder rein? Wir kriegen es nie und nimmer mit einem Mal rein. Und selbst wenn, dann braucht sich bloß ein Haken zu verfangen und wir sinken."

„War wohl doch keine so gute Idee."

„Nee, wirklich nicht."

Sie kümmerte sich um die Köder. In der Bucht gab es eine Art Muschelbett. Dort zog sie ihre Jacke und die Jeans aus, watete ins Wasser und tastete mit ihren Fingern im feuchten Sand umher. Das Wasser umspülte fast ihr Kinn. Nachdem sie ein paar große Muscheln herausgefischt hatte, hüpfte sie zum Strand zurück, rubbelte ihre Arme und Beine ab und zog sich zähneklappernd wieder an.

Joe hatte in der Zwischenzeit die Haken an den Schnüren befestigt und das Gewicht der Senker erhöht, sodass sie nun etwas längere Angeln hatten. Meg packte eine Hand voll Muscheln auf den Steg und leerte klappernd eine ihrer Jackentaschen.

„Deine Jacke stinkt", sagte Joe.

„Und du erst", erwiderte sie grob.

Sie köderten mit zwei Haken an jeder Schnur und gingen ein Stück auseinander, damit sich ihre Schnüre nicht verhedderten. „Am besten versuchst du es in den kleinen Löchern im Seegras", sagte Meg und deutete darauf. „Da gibt es am ehesten welche."

Sie hatte Recht. Nicht einmal fünf Minuten später hatten sie ihren ersten Fisch geangelt, und nach einer halben Stunde lagen schon vier wahre Prachtexemplare auf dem Steg. „Einen Orden für Herk!", rief Joe triumphierend aus. „Er hat echt einen Orden verdient – er und seine verrostete Dose!"

„Wir backen die Fische auf Holzfeuer", schlug Meg vor, „auf die Art schmecken sie ganz irre."

„Ich hab so ein Loch im Bauch, ich könnte sie glatt roh verputzen."

„Alter Angeber!"

„Sogar Tintenfisch würde ich runterschlingen oder eine Lederjacke."

„Ach, hör auf zu quengeln", lachte sie, „trag die hier lieber zur Hütte."

Joe schnappte sich die Fische. Dabei sah er Meg noch einmal an – ihr Gesicht war blaurot, die Jacke nass und sandig, das Haar dreckig und zerzaust. „Du siehst zum Steinerweichen aus", sagte er. „Die Krönung wäre jetzt nur noch deine Pudelmütze."

„Oh – tausend Dank!"

„Dein Haar könnte ohne weiteres auch als Vogelnest durchgehen."

„Mein Kamm ist auf der Seahorse verbrannt, stell dir

vor! Im Übrigen würdest du aber auch keinen Schönheitswettbewerb gewinnen. Du bräuchtest ein Bad.“

„Mir knurrt zu sehr der Magen, um zu streiten“, grinste er versöhnlich. „Komm, wir haben ja jetzt in Hülle und Fülle zu futtern.“

Zum ersten Mal, seit sie auf Wayward gestrandet waren, sah er ihre Lage nicht mehr so düster. Vielleicht würde sich das Blatt jetzt wenden. Vielleicht würde die See, die so heimtückisch versucht hatte, sie zu zerstören, jetzt den Waffenstillstand erklären. Vielleicht würde sie begreifen, dass sie trotz allem, was passiert war, nicht so leicht unterzukriegen waren.

14

Ihre Notsignale brachten auch weiterhin nichts. Meg machte sich nach Einbruch der Dunkelheit zweimal auf den Weg zum Hügel und gegen Mitternacht unternahmen beide gemeinsam noch einen letzten Versuch. Dann war das Kerosin in der Lampe bis auf den letzten Tropfen verbraucht. Es kam keine Antwort aus der Dunkelheit – nicht das geringste Flackern eines Lichts, das besagt hätte, dass irgendein menschliches Wesen auf der Welt ihre Hilferufe wahrgenommen hätte.

Sie stolperten enttäuscht zurück zur Hütte. Joe schaute lange in die riesige Himmelskuppel, die sich über ihnen wölbte und in der Sterne blinkten, die Millionen Kilometer weit entfernt waren.

„Ich hätte nie gedacht, dass es so einen einsamen Platz geben könnte“, sinnierte er.

„Es wäre bestimmt nicht lustig, hier mutterseelenallein zu sein.“

„Ich würde ausrasten! Ich glaube, ich würde von den Klippen springen.“

„Ich schätze, jeder würde hier nach einer Weile durchdrehen. Jeder.“ Meg dachte lange nach. „Die Buschleute allerdings wohl nicht. Oder ein Eremit oder so ein Prophet. Die lieben ja die Einsamkeit.“

„Ich bin aber kein Eremit, und ich will bestimmt auch keiner werden.“

„Heute ist Mittwoch“, wechselte sie abrupt das Gesprächsthema, „hast du daran schon mal gedacht? Unser dritter Tag.“

„Mir kommt es vor wie tausend Jahre“, grummelte Joe.

Sie bemühten sich, leise zu sein, als sie in die Hütte kamen. Meg stellte die Lampe in eine sichere Ecke, damit nicht einer von ihnen in dem Dämmerlicht der Hütte versehentlich darüber stolpern würde. Joe stocherte im Feuer herum, aber dadurch wurde es auch nur für einen Augenblick ein wenig heller. Meg nahm die Kerze und ging hinüber zu ihrem Vater. Sie stand lange an seinem Bett und sah ihn an. Dabei schirmte sie die Kerze mit einer Hand ab, sodass die Flamme ihm nicht direkt ins Gesicht schien. Weil er so unbeweglich dalag, dachte sie zuerst voller Schreck, dass er tot sei, aber dann sah sie, dass er atmete. Egal, ob er schlief oder bewusstlos war – auf alle Fälle war er am Leben.

Sie hielt es nur schwer aus, ihn so daliegen zu sehen. Meist war es ja nur beunruhigend, einer Person gegenüberzustehen, die es niedergestreckt hatte, die plötzlich schwach und auf andere angewiesen war – beim eigenen Vater war es aber fast unerträglich. Er war immer kräftig und selbstbewusst gewesen, ein Wortführer in Cockle Bay und jemand, der unerschütterlich an die eigene Unabhängigkeit glaubte. Anders hatte sie ihn nie erlebt. Er war noch nie in seinem Leben richtig krank gewesen – und nun war er hilfloser als ein Kind. Eine einzige Sekunde auf der Seahorse hatte sein Leben von Grund auf verändert.

Sie ging wieder zurück in die Küche und blies die Kerze aus. Sie war schon halb abgebrannt und wenn sie ganz abgebrannt war, gab es keine Möglichkeit mehr, das Zimmer, in dem ihr Vater lag, zu beleuchten. Joe beschwerte sich darüber, dass er nun wie ein Blinder zu seinem Bett tappen müsse, weil es in seinem Zimmer jetzt so dunkel wie in einer Geisterbahn sei.

„Ach, nörgel doch nicht dauernd herum", keifte Meg. „Leg dich lieber hin und sieh zu, dass du morgen mal früh aufstehst. Du bist nämlich mal an der Reihe Frühstück zu machen."

„Und was gibt es zum Frühstück? Fisch, Fisch und wieder Fisch. Ich hab die Nase voll davon", antwortete er. „Ich hätte lieber Käse und Schinken."

„Klar doch."

„Oder Würstchen."

„Möchtest du sie vielleicht auf Toast?"

„Oder Kotelett mit Spiegeleiern, hmmm."

„Kein Problem. Koteletts wandern vor deiner Nase rum, für die Eier müsstest du dich allerdings schon bis zum Black Bluff bemühen. Da kannst du vielleicht auf den Klippen welche sammeln."

„Du bist gemein, Meg."

Joe tastete sich in seinem Zimmer bis zu seinem Bett vor und krabbelte in voller Montur unter die Decke. Kurz darauf legte sich auch Meg an ihrem üblichen Schlafplatz vor dem Feuer hin.

Und so verging eine weitere Nacht. Die See brandete an die Küste und über allem wanderten die Sterne unpersönlich wie das Schicksal. Im endlosen Universum war der Mensch nicht mehr als ein Staubkorn, das vom Wind durch die Luft getragen wird.

Joe war am nächsten Morgen tatsächlich als Erster auf. Er fror und sein Körper war vollkommen verspannt. Er tapste in die Küche und suchte das Angelgerät und die Muscheln, die sie in einem Krug mit Meerwasser aufbewahrt hatten.

Meg sah ihn verschlafen an. „Wie spät ist es denn?"

Er verwuschelte ihr die Haare. „Zeit zum Fischen."

Sie schwang sich aus dem Bett, streckte genüsslich die Arme und gähnte herzhaft. „Mensch, bin ich müde. Ich hab geschlafen wie ein Stein."

Dann sprang sie wie von der Tarantel gestochen auf und lief barfuß durch die Küche. „Wie geht's Dad?"

„Ich hab noch nicht nach ihm gesehen."

Sie spähten in das dunkle Zimmer. Megs Vater war wach, zumindest lag er mit offenen Augen da und starrte angestrengt in die Luft. Meg kniete neben ihm nieder. „Hallo, Dad", sagte sie leise.

„Hallo, Schatz." Er krächzte immer noch fürchterlich. Joe trat einen Schritt heran. „Wie geht's, Onkel Harry?"

Er bewegte den Kopf etwas zur Seite. „Wie einer lahmen Schildkröte", antwortete er.

„Meinst du, du kannst ein bisschen was frühstücken?", fragte Meg. „Joe fängt gleich ein paar Fische."

„Ich werde es versuchen", seufzte ihr Vater mit schmerzverzerrtem Gesicht.

„Gut. Aber zuerst die Übungen. Wir müssen doch deinen Kreislauf in Gang halten.“ Sie sah Joe an. „Dann trab mal los. Ich bleib hier bei Dad.“

Es war ein Morgen, wie man ihn sich eigentlich nicht schöner hätte wünschen können. Das Wetter war klar, die See ruhig und im Osten zog langsam der Tag herauf. Joe war begeistert. Es schien ihm, als sei die Welt soeben neu erschaffen worden. Aber die Erinnerung an Onkel Harrys Anblick, seine gequälte Stimme, ihre hoffnungslose Isolation und die Ergebnislosigkeit ihrer Notsignale verdrängten die Freude sehr schnell. Und als er den Hügel sah, auf dem das Holzkreuz stand, überwältigte ihn wieder die Schwermut der vergangenen Tage.

Das Angeln drückte seine Stimmung vollends nieder. Nicht der kleinste Fisch biss heute an. Egal, was Joe tat, wie weit er die Schnur auswarf oder wie oft er die Köder wechselte, nichts wollte klappen.

„Wieder mal zu ruhig“, brummte er missmutig.

Er wechselte ungeduldig ein paarmal den Standort, aber nach einer halben Stunde sah er ein, dass es an diesem Morgen wohl zwecklos war. Er holte die Schnur ein, warf enttäuscht die letzten Köder ins Wasser und stiefelte trübsinnig zur Hütte zurück.

Meg erwartete ihn an der Tür. „Glück gehabt?“

„Nichts“, erwiderte er bitter. „Ich hab nicht mal einen Fisch zu Gesicht gekriegt.“

Meg sah inzwischen etwas besser aus. Der Bluterguss war wie die Schwellung am Auge zurückgegangen, sodass sie nun auch mit ihrem linken Auge wieder etwas sehen konnte. Das halb offene Auge verlieh ihr allerdings einen höhnischen Gesichtsausdruck.

„Macht nichts", tröstete sie ihn, „es sind noch ein paar Brocken von gestern übrig. Wir müssen sie nur einteilen – ein paar zum Frühstück, ein paar zum Mittag."

Joe zuckte erschrocken zusammen. „Kalt?", fragte er. „Kalten Fisch?"

„Na, was denn sonst?"

Er rümpfte die Nase. „Also, wenn wir von dieser Insel jemals wieder runterkommen, rühre ich ein Jahr lang keinen Fisch mehr an."

„Sei doch froh. Ohne Herks alte Dose müssten wir Muscheln oder Seetang futtern."

„Mag ich auch nicht."

„Dann eben Schafsmist."

Angeekelt verdrehte er die Augen, als Meg die Fischreste in winzige Portionen aufteilte. Er machte in der Zwischenzeit Tee. Dann hockten sie sich beide wie Höhlenbewohner vors Feuer und stocherten in ihrem Essen herum. Nachdem sie fertig waren, brachte Meg ihrem Vater zwei der schönsten Stücke. Sie blieb lange bei ihm.

„Ich mach mir echt richtige Sorgen um Dad, Joe", sagte sie leise, als sie wieder zurückkam und sich neben Joe ans Feuer setzte.

„Geht's ihm schlechter?"

„Ich glaube, er hat doch innere Verletzungen."

Sie sah sein erstauntes Gesicht. „Ich meine nicht den Hals oder die Lunge, sondern seinen Körper."

„Von der Explosion?"

„Eher, als er von Bord geschleudert wurde. Vielleicht sind ein paar Rippen gebrochen oder so."

Sie schwiegen und schauten betrübt ins Feuer. „Und da ist noch was anderes", sagte sie. „Ich hab gerade Dads Bett gemacht und mir seine Beine genauer angeschaut. Die sehen gar nicht gut aus, Joe."

„Die sind schlimmer verbrannt als die Hände oder das Gesicht", nickte er. „Das Benzin muss sich an der Kleidung festgefressen haben. Das hat eine Weile gedauert, bis die Flammen gelöscht waren, sogar im Wasser."

„Wir brauchen unbedingt Hilfe", sagte sie entschlossen. „Unbedingt. Er könnte Wundbrand kriegen oder noch was Schlimmeres."

„Es ist schon so lange her, dass es passiert ist, und noch immer keine Rettung in Sicht."

„Wenn wir keine Hilfe kriegen, wird er sterben. Ich weiß es", sagte Meg mit erstickter Stimme.

Joe wusste nicht, was er machen sollte. „Es ist zu weit, um zum Festland zu schwimmen. Wenn es nur ein Kilometer wäre oder zwei – dann könnten wir es versuchen."

„Kannst du vergessen. Es ist zu weit und voller Haie. Niemand kann in einem solchem Wasser dreißig Kilometer schwimmen."

„Wir könnten es mit dem Floß probieren, aber das würde ganz schön lange dauern."

Sie schüttelte den Kopf. „Wir müssten genau den Punkt abwarten, wenn die Flut zurückgeht. Und wir bräuchten den richtigen Wind. Sonst würden wir irgendwo im Süden landen und wären für immer verloren."

„Also können wir nichts machen.“

Sie schniefte laut und wischte sich die Nase ab. „Ich hab schon an ein Signalfeuer gedacht.“

„Ein riesiges Feuer? Heute Abend?“

„Ja, oben auf dem Hügel. Da gibt es genügend Treibholz an der Küste. Und wir könnten Latten vom Zaun nehmen.“

„Gute Idee. Ein großes Feuer ist weit zu sehen.“

„Jedenfalls weiter als die Lampe. Auch mit dem Spiegel ist die Lampe noch zu schwach.“

„Wir hätten es gleich so machen sollen.“

„Du hast ja Recht. Aber diese Erkenntnis hilft uns jetzt auch nicht weiter.“

„Wir machen am Nachmittag alles fertig und zünden es abends an.“

„Zuerst müssen wir uns um die Schafe kümmern“, sagte sie und stand auf.

Die Schafe! Die hatte Joe total vergessen. Die Sache schien ihm so verrückt, dass er überhaupt nicht mehr daran gedacht hatte.

„Meinst du das wirklich ernst?“

„Logisch. Ich hab mit Dad darüber gesprochen.“

„Und was hat er gesagt?“

„Er war zwar ein bisschen zerstreut, sagte aber, dass wir es machen sollten – besonders, als ich ihn an die dreitausend Dollar erinnerte.“

„Wie – zerstreut?“

„Na, er fing von anderen Sachen an, von der Seahorse und der Versicherung. Er meinte, die würden bestimmt Nachforschungen anstellen.“

„Wie sie gesunken ist?“

„Ja. Es regt ihn so auf. Wir sollten ihn besser nicht mehr daran erinnern.“

„Ja, da hast du absolut Recht. Dann geht es ihm bloß wieder schlechter.“

„Ich hab Angst, Joe. Ich hab eine Heidenangst.“

Joe ging zur Tür. „Komm, wir treiben die Schafe zusammen. Das bringt dich auf andere Gedanken.“

„Tut der Bluterguss weh?“, fragte er sie, als sie über die Wiesen liefen.

„Ein bisschen.“

„Es ist doller, als du sagst, stimmt’s?“

„Wird ja schon besser“, wehrte sie ab.

Er staunte immer wieder über ihre Kraft. Obwohl sie starke Schmerzen gehabt haben musste, hatte sie nie gejammert, Meg hatte sie einfach verdrängt.

„Du bist hart im Nehmen, Meg. Ich versteh nicht, wie du das alles schaffst mit deinen Schmerzen.“

„Ach, halb so wild.“

„Du bist wie deine Mutter. Sie ist sanft wie ein Lamm, aber zäher als altes Leder.“

Meg drehte sich um und schaute zurück zur Hütte. „Ich hab Dad auch noch nicht klagen gehört, und er hat nun weiß Gott mehr Schmerzen als ich – jede Minute, Tag und Nacht. Und deshalb müssen wir ihn auch irgendwie ins Krankenhaus bringen.“

„Diese verfluchte Insel. Ich hätte mir nie träumen lassen, dass wir auf ihr einmal festsitzen würden wie im Knast.“

Sie liefen weiter, bis sie die Schafe erreicht hatten. Joe

hatte anfangs gedacht, dass es nicht so schwer sein könnte, einhundert Tiere von den anderen abzusondern und einzupferchen, aber Meg lachte nur.

„Du bräuchtest zwei gute Schäferhunde, um das zu schaffen – und selbst dann hättest du noch Probleme."

„Warum?"

„Weil Schafe sich nicht gern trennen lassen."

„Und was machen wir jetzt?"

„Wir treiben sie alle zum Gatter, alle zusammen."

„Aber wir brauchen doch nur hundert."

„Wir suchen uns die raus, die wir brauchen, und den Rest lassen wir wieder laufen."

„Die Muttertiere bleiben da – die jungen?"

„Genau. Du kannst mir helfen, sie zu fangen."

„Ich weiß nicht mal, welches Schaf ‚was' ist."

Sie blitzte ihn an. „Es ist ganz einfach. Du musst nur ihre Mäuler öffnen und nach den Zähnen gucken."

Er wollte sich schon auf den Weg machen, als er merkte, dass sie ihn nur auf den Arm nahm. „Manchmal hasse ich dich. Echt!", sagte er böse.

Für Joe war natürlich gar nichts einfach, noch nicht einmal das Zusammentreiben. Die Schafe waren Menschen nicht gewöhnt, und so stoben sie in alle Himmelsrichtungen auseinander. Immer wieder, wenn er ihnen nachjagte, musste Joe an Mop denken und wie schnell er die Arbeit erledigt und dabei noch seine helle Freude gehabt hätte. Aber er lag ja bei der Bucht in der Erde eingebuddelt, ruhig und bewegungslos für immer.

Es dauerte länger, als sie gedacht hatten, die verängstigten Tiere in die Gatter zu treiben. Es wurde Mittag, bis sie es geschafft hatten. Meg drängte, mit dem Aussortieren weiterzumachen. Joe versuchte, ihr dabei zu helfen, stellte sich aber nicht besonders geschickt an. So musste er den Zählmeister machen und ihr von Zeit zu Zeit zurufen, wie viele Schafe sie noch brauchten. Sie hatten gerade siebzig aussortiert, als Meg plötzlich ihre Arbeit unterbrach und gebannt westwärts in den Himmel starrte.

„Hör mal“, sagte sie, „hör mal!“

Joe hob den Kopf, aber die Schafe stampften so wild durcheinander und blökten so laut, dass es schwer war, etwas anderes zu hören.

„Was denn?“

„Ich hatte gedacht, ich hätte einen…“

Bevor sie ihren Satz zu Ende gesprochen hatte, sprang sie auf und sauste aus der Umzäunung, als sei sie von einer Abschussrampe gestartet worden.

„Ein Hubschrauber!“, schrie sie. „Ein Hubschrauber! Ein Hubschrauber!“

Sie rannte den Hügel hinauf und wedelte wild mit den Armen. „Hierher!“, brüllte sie aus Leibeskräften. „Hier sind wir! Hier!“

Joe jagte ihr nach. Sie rannten beide wie die Teufel, den Blick unverwandt in den Himmel gerichtet. Ihre Beine liefen wie von allein über Grasbüschel und Steine. Weit im Nordwesten konnten sie den Hubschrauber sehen. Das Rotorgeräusch näherte sich ihnen wie leises Flügelschlagen. Es schien, als käme die Maschine vom Meer und würde die Insel auf dem Weg nach Cockle Bay passieren.

Meg flog förmlich dahin. Ihre Arme wirbelten durch die Luft. Joe zog sein Hemd aus, verknotete es an einem Stück Holz und schwenkte es wild in der Gegend herum. Völlig atemlos erreichten sie den Hügel. Der Hubschrauber flog unbeirrt weiter seinen Kurs und wurde sehr schnell wieder kleiner – zuerst wie ein Vogel, dann wie eine Libelle, eine Ameise und eine Zeit lang taumelte er wie ein Staubkorn am Himmel, bis er völlig verschwand.

Meg stand wie angewurzelt da. Lange starrte sie ungläubig in den leeren Himmel, dann drehte sie sich um und ging zurück zu den Schafen.

„Er hat uns nicht gesehen", schluchzte sie verzweifelt. „Er hat uns einfach nicht gesehen."

15

Sie arbeiteten missmutig weiter. Nur Joes Zählen und Megs Keuchen unterbrach die Stille. Es war harte, staubige Arbeit, aber schließlich hatten sie die einhundert Tiere zusammen. Den Rest der Herde entließen sie wieder in die Freiheit. Joe kam als Erster noch einmal auf den Hubschrauber zu sprechen.

„Er muss von der Bohrinsel gekommen sein“, stellte er fest. „Es gibt keine andere Möglichkeit.“

„Wieso?“

„Wo soll er denn sonst hergekommen sein? Von der Antarktis vielleicht? Da draußen ist nichts weiter als die Bohrinsel.“

„Vielleicht war da ja irgendwo ein Schiff?“

„Nein, er kam bestimmt von der Insel. Die machen bestimmt Probebohrungen.“

„Aber warum sollte er ausgerechnet nach Cockle Bay fliegen?“

„Was weiß ich? Aber er ist die Strecke schon mal geflogen, erinnerst du dich? Es könnte sein, dass er jemanden zur Bohrinsel fliegen soll, oder sonst irgendwas Wichtiges.“

Meg war nicht überzeugt. „Es ändert aber nichts, oder? Er hat uns nicht gesehen, egal, wo er herkam.“

Zurück in der Hütte, versuchten sie, den Dreck von

ihren Gesichtern und Händen abzuwaschen. Meg überprüfte die SOS-Schrift im Gras und lachte hämisch. „Da geben sie immer damit an, dass diese neuen Satelliten im Weltall eine Milchflasche oder ein Paar Schuhe auf der Erde ganz klar erkennen können. Dann müssten sie doch auch unser Zeichen hier sehen."

Joe schüttelte das Wasser von seinen Händen ab und trocknete sie in der Sonne. „Kopf hoch, Meg. Heute kommt garantiert ein Kutter vorbei. Es ist so ein schöner Tag." Er stocherte im Feuer und kochte Wasser, solange Meg bei ihrem Vater war. „Mittagessen kommt sofort", rief Joe, „kalter Fisch und Kondensmilch."

Meg war im Nu wieder zurück. „Komm schnell", sagte sie. Etwas in ihrer Stimme machte Joe Angst. Er folgte ihr ins Schlafzimmer.

„Um Himmels willen", krächzte Onkel Harry. „Zurück! Zurück!"

Joe blieb sofort stehen und schaute sich nach der Gefahr um, vor der Onkel Harry warnen wollte.

„Zurück!", sagte er wieder. „Nein, nein! Nicht! Nicht!"

Er war völlig außer sich. Er warf den Kopf hin und her und wehrte mit den Händen irgendetwas ab. Jetzt sah Joe auch seinen starren Blick. Meg kniete neben ihrem Vater. „Dad", sagte sie beruhigend, „Dad! Es ist doch alles in Ordnung."

Ihr Vater war immer noch in Panik. Seine Gedanken schienen weit weg. „Oh – oh", stöhnte er wie unter einem plötzlichen Schock. Dann verfiel er in ein unverständliches Wimmern und Murmeln.

Meg war aschfahl. „Er fantasiert, Joe. Ich weiß nicht, was er uns sagen will."

Joe war genauso hilflos wie sie. Er hatte nie zuvor jemanden im Fieber fantasieren hören.

„Das kommt von den Schmerzen", sagte Meg. „Ich befürchte, die Verbrennungen sind schlimmer, als wir dachten, und vielleicht hat er ja doch innere Verletzungen."

„Ob wir ihm noch mal von den Tabletten geben? Vielleicht schläft er dann."

„Ich weiß es nicht. Ich weiß überhaupt nichts mehr."

Sie sahen sich völlig verzweifelt an. „Er braucht dringend einen Arzt", sagte Meg niedergeschlagen. „Wenn heute keine Hilfe kommt, ist es zu spät."

Joe hasste diese Tatenlosigkeit. Er konnte nicht länger hier herumsitzen – das verstärkte sein Gefühl, hilflos ausgeliefert zu sein, nur noch mehr. Wenn die Dinge sich zum Schlechteren kehrten, war es besser, sich zu bewegen, etwas zu arbeiten, irgendetwas zu tun. „Ich mache Tee", sagte er, „und dann kümmere ich mich um das Feuer."

„Wo willst du es denn machen?"

„Oben bei Mop, so wie wir es gesagt haben."

„Wäre Black Bluff nicht besser?"

Er schüttelte den Kopf. „Wir könnten nicht genug Holz da hochschleppen, damit es groß genug wird."

„Stimmt, daran hab ich nicht gedacht."

Am späten Mittag hatte sich Onkel Harry beruhigt und war eingeschlafen. Meg half nun Joe bei der Suche nach Treibholz. Zwischendurch hielten sie immer wieder inne und suchten intensiv den Horizont ab – aber kein Schiff, kein Kutter kam in Sicht. Sie trugen jeder einen Arm voll Holz auf den Hügel und häuften es zu einer Pyramide an. Dann machten sie sich zur Scheune auf, um größere Stücke Holz zu holen.

„Wir benehmen uns wie die Vandalen", sagte Joe, als er ein loses Brett abbrach.

Meg kämpfte mit einer hartnäckigen Strebe. „Vielleicht ist es ganz gut, dass Dad uns so nicht sehen kann."

Sie schleppten ihre Holzladungen gerade mühsam den Hügel hinauf, als Joe plötzlich alles fallen ließ und vorwärts rannte.

„Er kommt zurück!", brüllte Joe. „Der Hubschrauber kommt zurück!"

Nun konnte ihn auch Meg erkennen – noch war er nicht größer als ein i-Punkt weit über der See. Er flog diagonal genau vor ihnen, denselben Kurs wie vorher, nur in die andere Richtung.

„Er ist auf dem Rückweg zur Bohrinsel! Komm, wink! Wink auf Teufel komm raus!" Joe drehte sich zu Meg um. Sie war verschwunden. Er sah sie in einem halsbrecherischen Tempo zur Hütte rennen. Sie stürmte durch die Tür, schnappte sich den Karton, riss den Spiegel von der Innenseite und raste den Hügel wieder hinauf. Unter ihren Füßen wirbelte der Sand auf und staubte wie bei einem galoppierenden Pferd.

„Wo ist er? Wo?", japste sie.

„Da!" Joe wies mit dem Finger auf die Stelle am Himmel.

„Ja, ich sehe ihn."

Joe war verblüfft. „Willst du damit leuchten?"

„Alles, verstehst du, alles, was irgendwie seine Aufmerksamkeit erregt!"

Der Hubschrauber flog nun vor ihnen, aber noch weit von der Insel entfernt. Er hielt seinen Kurs. Meg hielt den Spiegel so, dass sie mit ihm die Sonne einfing und drehte ihn so lange, bis er am meisten blitzte, um dem Piloten damit ein Zeichen geben zu können. Es war wie ein Lichtschuss – ein Suchscheinwerfer auf ein bestimmtes Ziel. Als sie den richtigen Neigungswinkel heraus hatte, drehte sie den Spiegel dreimal kurz – blink, blink, blink.

„Sag bloß, du machst SOS?", fragte Joe.

„Jedenfalls versuche ich es mal", sagte sie und kniff die Lippen zusammen. Dann blinkte sie dreimal länger und wieder dreimal kurz. „Du musst auch was machen", rief sie, „zieh dein Hemd aus, wirf es in die Luft!"

Es war ein strahlender Nachmittag. Der Himmel war wolkenlos und die Sonne schien hell. Es gab keinen Zweifel, dass der Spiegel Lichtblitze aussenden konnte – Meg musste es nur schaffen, dem Piloten ins Gesicht zu blinken. Der Hubschrauber flog ziemlich schnell. Nicht mehr lange, und er war schon so weit südwärts, dass keine Hoffnung mehr bestand, den Piloten auf sie aufmerksam zu machen.

Meg bewegte den Spiegel weiter fieberhaft hin und her, schwenkte ihn von oben nach unten und von einer Seite zur anderen. Ein paarmal blendete sie sich selbst, als sie den Kopf vorstreckte, um herauszufinden, wohin denn die Lichtreflexion ging.

Ihre Hoffnungen begannen rapide zu sinken, als der Hubschrauber seinen Kurs unbeirrt fortsetzte. Er hatte den größten Annäherungspunkt an die Insel erreicht und entfernte sich bereits wieder von ihr. Von Sekunde zu Sekunde wurde er kleiner.

„Komm, mach schon!“, brüllte Joe. „Hier! Guck doch hierher!“

Meg sprach leise ein Gebet. „Bitte, lieber Gott, lass ihn uns sehen.“

„Der muss blind sein“, ereiferte sich Joe. „Der hat wohl Tomaten auf den Augen.“

Und dann, als es schon so aussah, als ob sie wieder umsonst gehofft hatten, drehte der Hubschrauber plötzlich scharf bei und hielt direkt auf sie zu.

„Er hat uns gesehen! Er hat uns gesehen!“, schrie Meg.

Joe sprang wie ein Wilder umher und schwenkte sein Hemd. „Hallo!“, rief er mit überschnappender Stimme, als ob der Pilot ihn hören könnte. „Hallo! Hier! Hierher!“

„Los, zur Hütte!“, sagte Meg. „Er hält auf die Hütte zu.“

Sie rannten beide den Hügel hinunter, an den Schafgattern vorbei, zu dem freien Platz vor der Hütte. Meg hielt immer noch den Spiegel und blinkte beständig weiter. Der Hubschrauber kam jetzt rasend schnell auf sie zu. Innerhalb einer Minute hatte er die Küste passiert und im nächsten Moment schon war er mit ohrenbetäubendem Lärm über ihnen. Meg und Joe liefen im Kreis umher, schauten hoch und winkten. Sie konnten sehen, wie der Pilot und ein anderer Mann sie aufmerksam beobachteten. Meg deutete immer wieder auf das SOS im Gras, als wollte sie sagen:

„Schaut doch! Schaut dorthin!“ Ob der Pilot die Schrift gesehen hatte, wussten sie nicht, aber jedenfalls kreiste er über ihnen und bereitete die Landung vor. Der Hubschrauber wirkte aus der Nähe wie eine exotische Libelle – den knolligen Kopf nach unten gesenkt, den schmächtigen Körper, der sich nach hinten verjüngte, in den Himmel gestreckt, und der hintere Rotor sah aus wie ein langer Stachel.

Sand wurde aufgewirbelt und kleinere Stücke vom SOS-Zeichen flogen durch die Luft, als die Maschine direkt vor ihnen landete. Der Pilot und sein Passagier stiegen aus.

Es war derselbe Pilot, der damals die Badegäste vor Narbengesicht gewarnt hatte. „Hallo, Kinder“, begrüßte er sie freundlich, „was ist denn los?“

Sie überschlugen sich in ihrer Erzählung, die sich nur aus Bruchstücken zusammensetzte. „Es dreht sich um Dad“, wiederholte Meg dann noch einmal ruhiger. „Er muss schleunigst in ein Krankenhaus.“

Sie gingen alle in die Hütte. Der Passagier, ein Arbeiter, der auf die Bohrinsel geflogen werden sollte, hatte für seine Arbeit einen Erste-Hilfe-Kurs abgeleistet. Er war zwar kein ausgebildeter Sanitäter, wusste aber doch einiges über Medizin. „Keine Frage“, stimmte er nach einem Blick auf Onkel Harry zu. „Er muss schnurstracks in ein Krankenhaus. Und da wird er bestimmt einige Zeit bleiben.“

Der Pilot eilte zu seiner Maschine zurück. Sie hörten, wie er über Funk eindringlich auf jemanden einredete. „Ja“, sagte er. „Ja. Ja. Ins Krankenhaus. Nach Ceduna. Unbedingt. Ja, Verbrennungen. Explosion. Ja. Hab ich die Erlaubnis? Gut. Ja, sobald ich kann.“

Er kam schnellstens zurück. „Ich bringe deinen Vater nach Ceduna", sagte er zu Meg. „Da werden sie entscheiden, ob sie ihn nach Adelaide bringen müssen."

„Wir transportieren ihn auf seiner Matratze", sagte der andere Mann. „Ich denke, die wird gerade so reinpassen."

Der Pilot sah Meg und Joe an. „Für euch beide ist dann leider kein Platz mehr. Kommt ihr hier zurecht?"

Meg nickte. „Klar. Aber können Sie bitte Andy Jones in Cockle Bay erreichen? Wir müssen ihm für Ma eine Botschaft durchgeben."

„Kein Problem. Ich gebe ihm einen SOS-Ruf durch."

„Nein, bitte nicht!", sagte Meg schnell. „Es würde Ma nur aufregen."

„Verstehe. Ich sag dir was. Ich probiere Jones über Bordfunk zu erreichen und gebe das Gespräch dann gleich an dich weiter."

Er stellte den Kontakt zu Andy her. Meg erzählte ihm gerade die ganze Geschichte, als Andy sie plötzlich unterbrach: „Deine Mutter ist gerade gekommen. Sie ist ein bisschen sauer, weil sie nichts von euch gehört hat. Warum erzählst du es ihr nicht selbst? Ich gebe sie dir."

Meg erzählte die ganze Geschichte noch einmal in Kurzform. Sie stotterte jetzt etwas bei ihrem Bericht. Sie versuchte, ihre Mutter nicht allzu sehr aufzuregen. Ihre Mutter war zwar in allergrößter Sorge, blieb aber ruhig. „Ist er schwer verletzt, Meg? Sag mir die Wahrheit!"

Meg stockte einen Moment. Sie schwankte zwischen Zweifel und Hoffnung. „Er hat Verbrennungen im Gesicht", antwortete sie, „und an den Händen und Beinen."

„Schlimm?“

„Ja, ganz schön schlimm, glaube ich.“

„Wird er ... wird er wieder gesund werden?“

Meg musste gegen ein Zittern in der Stimme ankämpfen. „Ich ... ich hoffe.“

„Du hoffst nur?“ Meg konnte die Angst ihrer Mutter deutlich über die Kopfhörer wahrnehmen.

„Ich weiß es nicht, Ma, ehrlich. Wenn sie ihn jetzt in ein Krankenhaus bringen, wird es bestimmt besser.“

Am anderen Ende der Leitung herrschte einen Moment Schweigen. „Ich breche sofort nach Ceduna auf“, sagte ihre Mutter dann. „Ich versuche, so schnell wie möglich da zu sein. Ich werde euch dann ja sehen.“

„Ma, da ist noch eine Sache.“ Meg wusste nicht, wie sie es ihrer Mutter beibringen sollte. „Es ist nicht genug Platz im Hubschrauber, deshalb müssen Joe und ich vorerst einmal hier bleiben.“

„Was? Ganz alleine?“

„Wir mussten uns die ganze Zeit über allein durchboxen. Uns geht's gut.“ Sie wollte zwar noch hinzufügen „Aber wir haben Hunger und ich hab ein blaues Auge“, als ihre Mutter sie unterbrach: „Ich kümmere mich darum, dass jemand rüberkommt – Mr Sampson oder irgendwer.“

„Das wäre super, Ma. Könntest du ihn gleich warnen, dass er den Leichter mit den Schafen ins Schlepptau nehmen muss? Wir haben sie herausgesucht. Sie sind fertig zum Verladen. Wenn Herbie uns mit seinem Laster erwartet und gleich bezahlt, können wir Mr Harding am Freitag das Geld zurückgeben.“

Sie hörte, wie ihrer Mutter die Stimme stockte. „Das ist nicht mehr nötig, Meg. Es ist schon bezahlt."

Meg verstand nicht. „Wie bitte?"

Ihre Mutter zögerte wieder, aber dann fuhr sie fort:

„Mr Lane hat alles beglichen. Er bestand darauf. Er sagte, ihr drei hättet ihm das Leben gerettet. Es war eine Schuld, die er abtragen wollte."

Nun verschlug es Meg die Sprache. „Aber ... aber ..."

„Du brauchst dir also um die Schafe keine Gedanken zu machen. Wir besprechen das alles später. Fürs Erste könnt ihr sie wieder laufen lassen."

Nach all der Mühe und dem Ärger, den sie und Joe mit den Schafen gehabt hatten, wollte sie sich im ersten Moment beschweren, schluckte es dann aber hinunter. „Ja, Ma", antwortete sie.

„Wir treffen uns so schnell wie möglich."

„Ja."

„Passt auf euch auf!"

„Ja, Ma."

„Tschüss, Schatz."

„Tschüss, Ma."

Als sie zu Ende gesprochen hatte, trugen die beiden Männer und Joe Onkel Harry bereits auf seiner Matratze zum Hubschrauber. Jetzt, bei Tageslicht, wirkte er furchtbar zerbrechlich und überhaupt nicht mehr wie ein kräftiger Mann, der noch vor ein paar Tagen die Seahorse gesteuert hatte. Der unverletzte Teil seines Gesichts war leichenblass und es hatten sich dort nur wenige Brandblasen gebildet. Meg nahm dies als ein gutes Zeichen, auch wenn ihr Vater Besorgnis erregend aussah. Die wimpernlosen Augen und die versengten Überreste seiner Haare und Augenbrauen ließen ihn wie den Führer einer geheimnisvollen Sekte erscheinen. Seine Augen hielt er wegen des grellen Sonnenlichts geschlossen.

Es war nicht ganz einfach, ihn in dem Hubschrauber unterzubringen. Schließlich knickten die beiden Männer die Matratze im rechten Winkel ein und wuchteten sie wie einen Wohnzimmersessel in die Kanzel. Onkel Harry stöhnte ununterbrochen. Meg beugte sich über ihn und küsste ihn auf die Stirn. „Du wirst wieder gesund, Dad", sagte sie. „In nicht mal einer Stunde bist du sicher im Krankenhaus. Dort wird sich ein Arzt um dich kümmern, und dann wird alles wieder gut."

Er gab einen Laut von sich, aber sie konnte nicht entscheiden, ob es eine Antwort sein sollte oder nicht. Sie wusste nicht, ob er bei Bewusstsein war oder in einer Art Koma lag.

Der Pilot und sein Passagier kletterten in die Kanzel, die Tür schnappte zu, der Motor startete, der Rotor begann sich zu drehen und gleich darauf hob die Maschine ab und hielt auf das Festland zu.

Nach Tagen sehnlichsten Hoffens und Bangens war die Rettung nun überraschend schnell gekommen. Vom ersten Wahrnehmen der Lichtblitze durch den Piloten bis hin zum Verschwinden der Maschine auf ihrem Weg zum Krankenhaus waren nicht mehr als zehn Minuten vergangen.

Meg und Joe standen schweigend vor der Hütte und sahen der Maschine nach, bis sie ganz verschwand.

„Das war's dann wohl", sagte Meg.

„Hat nicht lange gedauert, oder?"

Sie standen plötzlich am Ende eines Weges – wie in ein Vakuum geworfen nach der Anspannung der letzten Tage. Meg fand als Erste Worte dafür. „Irgendwie fühle ich mich jetzt schrecklich leer."

„Ich auch", stimmte Joe zu. „Ich hab Hunger."

Sie sah ihn spöttisch an. „Du weißt, was ich meine."

„Klar", lachte er, „aber mein Magen ist auch leer."

Sie gingen zurück in die Hütte. „Was willst du lieber tun", fragte Meg, „sauber machen oder Fisch angeln, um dir die Wampe voll zu schlagen? Entscheide dich!"

Das Angeln hatte für Joe jeglichen Reiz verloren. „Ich überlasse dir die Entscheidung", schlug er vor.

Sie kamen überein, beides zusammen zu erledigen. Zuerst zogen sie die Betten ab, wuschen die Bezüge und stopften die alten Decken zurück in die Schränke. Dann putzten sie die Küche, fegten, machten das Feuer aus und schütteten die Holzkohle und Asche in eine Grube neben der Hütte.

„Sieht alles viel sauberer aus als vorher", sagte Joe stolz.

„Wird nicht lange so bleiben", antwortete Meg. „Nicht, wenn Herk und Boxhead wieder mal herkommen. Die sind wie die Elefanten im Porzellanladen."

Die Schafe blökten unruhig. „Ach, du lieber Himmel", sagte Meg, „die Schafe. Komm, wir lassen sie jetzt raus."

„Rauslassen? Nach all der Plackerei, die wir hatten, sie da reinzukriegen?"

„Mecker nicht rum. Komm.“

Joe hörte aber erst auf zu schimpfen, als Meg ihm von dem Gespräch mit ihrer Mutter berichtet hatte. „Der gute alte George Lane“, sagte er. „Er ist und bleibt ein Champion, auch wenn er Narbengesicht nicht gekriegt hat.“

„Das mit dem Geld war wirklich nett.“

„Er kann es sich leisten.“

„Darum geht es doch gar nicht. Er hat es für uns getan.“

„Er muss nach Cockle Bay zurückgekommen sein, nachdem er seinen Arm versorgt hatte.“

„Logo. Er musste doch sein Flugzeug holen.“

„Ich frag mich, ob er je wiederkommt, um Narbengesicht zu jagen?“

Meg schüttelte den Kopf. „Nie im Leben. Und Narbengesicht kommt auch nicht mehr zurück. Dafür ist er viel zu schlau. Er ist einige Male fast gefangen worden – ein weiteres Mal wird es nicht geben.“

„Vielleicht ist es ja gut so. Es soll wohl so sein, dass er frei ist.“

„Das glaube ich auch.“

Sie nahmen sich noch einmal das Angelzeug und versuchten ihr Glück – ohne Erfolg. „Nicht mal einer, der wenigstens ein bisschen geknabbert hätte“, sagte Joe nach einer knappen halben Stunde. „Sogar die Fische haben uns verlassen.“

„Die Flut ist vorbei.“

„Flut, Wind, Wolken“, grummelte Joe, „irgendwas ist immer schuld.“

Sie probierten es noch eine Weile unlustig weiter.

„Wenn Stewy uns heute nicht aufsammelt", sagte Joe, „sterbe ich noch vor Hunger. Nicht eine Nacht halte ich noch auf dieser verdammten Insel aus, ohne was zu essen."

„Er wird kommen."

„Ja, aber wann?"

„Gegen Sonnenuntergang. Er braucht schließlich drei Stunden."

Dann gaben sie das Angeln auf und packten ihre Siebensachen zusammen. Kurz vor Einbruch der Dämmerung rief Joe plötzlich: „Da kommt er!"

Es war die Petrel, die sich mit voller Kraft auf die Insel zubewegte. Meg ging zur Hütte, verschloss die Tür und legte den Schlüssel an die gewohnte Stelle unter ein loses Brett. Dann marschierten beide hinunter zum Landesteg, um auf die Petrel zu warten.

Die Wiedersehensfreude war groß. Stewy hatte vorausgesehen, dass die beiden völlig ausgehungert sein würden, und brachte einen großen Fresskorb mit – Sandwiches, Pasteten, Hühnerkeulen, Schinken und große Stücke Obsttorte. Und während Meg und Joe alles wahllos in sich hineinstopften, brachte Stewy heißen Kaffee und Boxhead lauschte mit großen Ohren ihrer Geschichte. Dann nahmen sie das Rettungsfloß an Bord, vertäuten den Leichter an seinem üblichen Platz und machten sich in der Dämmerung auf den Weg nach Hause.

Sie erreichten Cockle Bay kurz vor zehn Uhr abends. Die Wellen schlugen träge ans Ufer und die Lichter begrüßten sie schon von weitem. Joe genoss den Anblick. Ihm kam es so vor, als hätte er drei Jahre in drei Tagen erlebt. Ein unglaubliches Abenteuer war zu Ende, ein Abenteuer, das ihn einiges über die verschlungenen Pfade des Schicksals gelehrt hatte, über andere Menschen und über sich selbst. Er war zu einer einfachen Reise aufgebrochen, die zu einer Katastrophe geworden war, die Mop das Leben gekostet hatte und fast auch George Lane und Onkel Harry.

Armer Mop. Er war doch so voller Begeisterung für diese Fahrt gewesen – noch vor ein paar Tagen. Joes Gedanken verfinsterten sich bei diesem Gedanken erneut.

Und Narbengesicht war frei! Er würde es wohl immer sein. Er war jetzt eine Legende, die zu Cockle Bay gehörte, so wie Meg und Joe zur Legende von Wayward Island gehörten. Ihre Geschichte würde noch in Jahren die Runde machen.

Die nächsten Tage wohnten Meg und Joe bei den Sampsons. Als Tante Ellen aus Ceduna nach Hause kam, stürmte ihr Meg entgegen. „Wie geht's Dad?“, fragte sie atemlos.

Ihre Mutter wich etwas zurück, als sie den Bluterguss auf Megs Gesicht sah. „Es geht ihm besser. Er wird wieder vollständig gesund, sagen die Ärzte.“

Einige Tage später bezahlte die Versicherung die Summe für die Seahorse und eine Woche darauf wurde Onkel Harry aus dem Krankenhaus entlassen. Die Verbrennungen waren zwar schmerzhaft gewesen, aber nicht so schlimm, wie Joe und Meg angenommen hatten. Er hatte schwer unter dem

Schock gelitten, eine Rippe war gebrochen und die Nieren waren in Mitleidenschaft gezogen worden. Aber Onkel Harry erholte sich schon nach kurzer Zeit und fand schnell wieder zu seiner alten Kondition zurück.

Megs Gesicht hatte sich bald vollkommen normalisiert. Das versengte Haar war wieder nachgewachsen und von dem Bluterguss war nichts zurückgeblieben.

Vierzehn Tage später feierten Joe und Meg ihren fünfzehnten Geburtstag. Sie tauschten ihre Geschenke vor dem Frühstück aus – ein neues Taschenmesser für Joe und eine Pudelmütze für Meg. Joe probierte sein Messer ausgiebig aus. „Danke, Schwester."

„Ich bin nicht deine Schwester", sagte sie schnippisch.

„Sieht aber doch ganz so aus. Eine Art Schwester – und Kumpel."

Schlagartig veränderte sich ihre Stimmung. „Weißt du", sagte sie heiter, „an sich bin ich ja nicht scharf auf einen Bruder, aber wenn's denn einer sein muss – ich glaube, dann solltest du es sein."

In diesem Moment kam Onkel Harry hinzu. Er streckte sich, um seine wiedergewonnenen Kräfte zu überprüfen.

„Hört mal, ihr beiden Geburtstagskinder", sagte er. „Herbie Driver löchert mich wegen der Schafe. Aber ihr habt sicher keine Lust, nächstes Wochenende ein bisschen zu helfen – drüben auf Wayward?"